JN044682

近世初期俳書年表（寛永期〜元禄二年）

―蕉風へのベクトル―

押木文孝　編

風詠社

目次

近世初期俳書年表

―蕉風へのベクトル―

この年表は俳諧の勃興時、寛永期から「奥の細道」成立の元禄二年までに作成された俳書を網羅的に年表化したものである。

・ベースとしたものは恩師、上野洋三先生からいただいた先生手書きの初期（慶安～寛文期）の年表でその形を踏襲させていただいた。

・作成に当たって使用した俳書及び目録は次のとおりである。

＊天理大学　綿屋文庫　連歌俳書目録　第一　第二　補遺

＊東京大学総合図書館　連歌俳諧書目録

＊京都大学文学部国文科　潁原文庫蔵書目録

＊俳書「渡り奉公」

＊俳書　阿誰軒編「俳諧書籍目録」

＊その他、部分的に各図書館蔵書目録や書籍目録、俳諧研究書等、また乾裕幸氏の「古俳書目録索引」も参考にさせていただいた。

年表の記載項目は次のとおりである。

年号（西暦）干支				
書名	形態	著者・編者	刊記・成立年・奥書等	活字・影陰・書写等
	冊数	序文、跋文及びその筆者	書肆・刊行者等	蔵書・文庫等
			潁原…京都大学国文・潁原文庫蔵	
			綿屋…天理大学図書館綿屋文庫蔵	
			洒竹…東京大学洒竹文庫蔵	
			竹冷…東京大学洒竹文庫蔵	
			その他留意事項は（　）書きで注記	

寛永九年以前（1632以前）

書名	形態	著者・序跋	備考	所蔵
疑源抄	大	長南軒山崎宗鑑		
	二冊？	自序・奥（大永三年）		綿屋（闕一冊・上）
新舊狂哥誹諧聞書	大			近世文芸叢刊
	一冊			綿屋（写 大一冊）
藤堂百韻	枡	藤堂高虎・八十島道除共著		
	一冊			綿屋（写）…写
独唫千句		守武著	内題「誹諧之連歌独唫千句」	（数アル守武千句ノ一ツ）
	一冊			綿屋（写）
守武随筆	大	守武著		守武自筆（天文五年）
	一冊		冒頭「天文五年正月吉日」	綿屋（写）
守武随筆世中ものかたり	中			
	一冊			綿屋（写）
誹諧連哥抄		宗鑑自筆大永本を底本として他十四本を以って校合したる木村三四五先生の労作あり		
				ビブリア
竹馬狂吟集		同じく十四本を以って校合したるもの		
				ビブリア

書名	形態	冊数	著者	年記	備考	所蔵
新撰犬筑波集	大古活	一冊				綿屋
新撰犬筑波集	中	一冊				綿屋
立願誹諧 とくきん千句	横	一冊	守武著		自筆	綿屋
徳元千句	大	一冊	斎藤斎頭入道徳元著	寛永九暦仲冬日（奥）	内題「於伊豆走湯誹諧」	酒竹 2497

寛永十年（1633）癸酉

書名	書型	冊数	編著者	成立	所蔵等
狗猧集	大	五冊	重頼編		古典文庫239・243
			自序		赤木文庫、綿屋一・二・四・五
誹諧發句帳	中	四冊	親重編	寛永十癸酉十一月一日	綿屋
肥後道記	枡	一冊	宗因著	伝自筆	（別名 宗因飛鳥川）
					綿屋（写）

寛永十一年（1634）甲戌

書名	書型	冊数	編著者	成立	所蔵等
玄仲獨吟千句	中横	一冊	玄仲著	寛永十一年四月八日（巻頭）	紹巴三十三回忌追善集
					洒竹（写）962

寛永十三年（1636）丙子

書名	形態	著者・序跋	刊記等	備考
花火草	小 一冊	親重著 自序・自奥・破盞子跋	村上平楽寺	綿屋、洒竹3061
連歌はなひ草	小 一冊	野々口親重著 自序・破盞子跋	寛永十三年二月廿三日（自奥） 京都村上平楽寺刊	綿屋

寛永十四年（1637）丁丑

書名	形態	著者・序跋	刊記等	備考
追善九百韻	横 一冊	立圃著		「渡奉公」ニ「寛永十四年正月晦日」トアリ。 綿屋（万治三年同名書アリ）
熱田萬句発句帳	横 一冊		寛永十四年正月	慶安二年五月写 綿屋

寛永十五年（1638）戊寅

寛永十六年（1639）己卯

寛永十七年（1640）庚辰

「新撰犬筑波集」早稲田大学図書館所蔵本

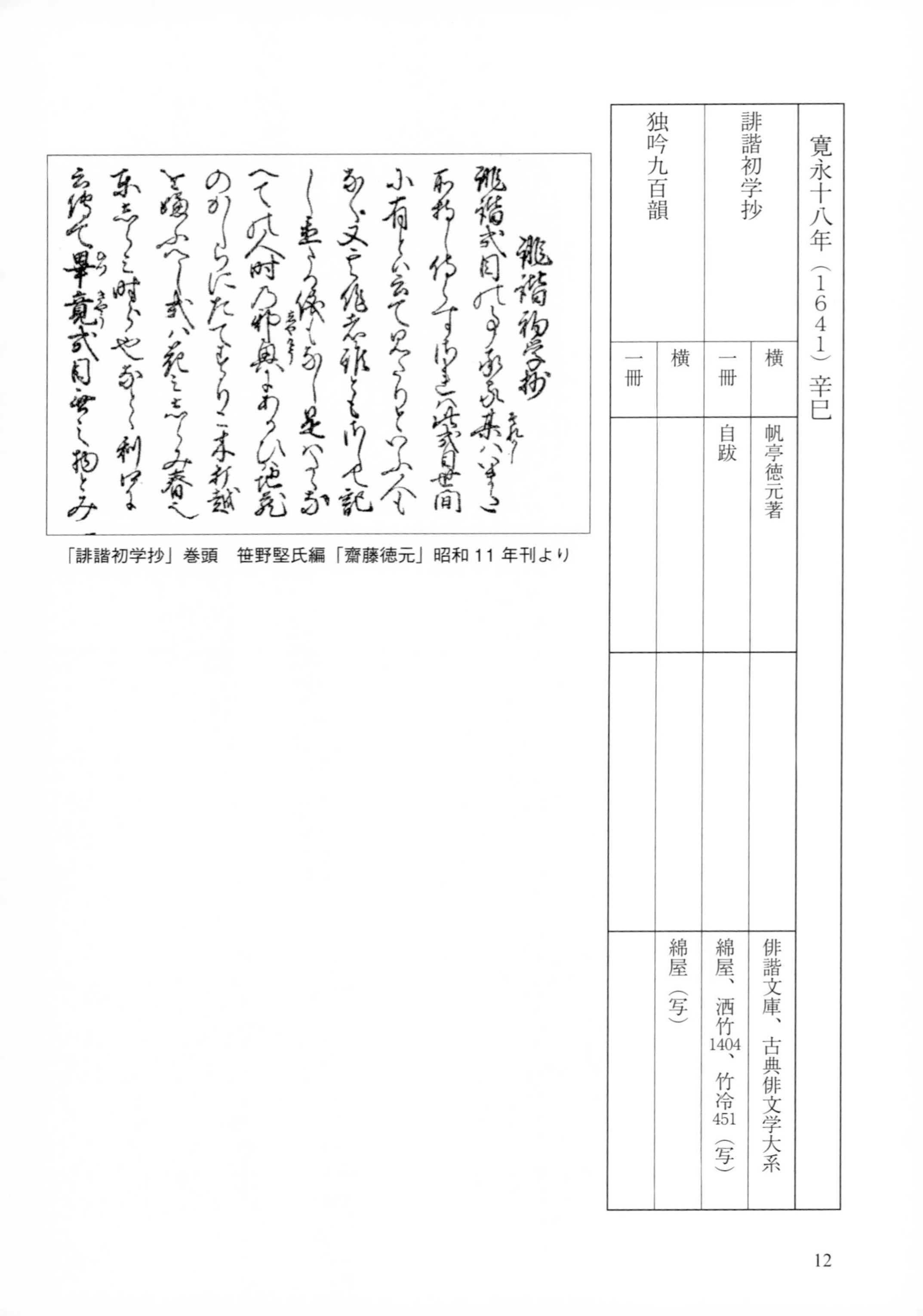

寛永十八年（1641）辛巳

書名	形態	著者・序跋	所蔵・翻刻
誹諧初学抄	横 一冊	帆亭徳元著 自跋	俳諧文庫、古典俳文学大系 綿屋、洒竹1404、竹冷451（写）
独吟九百韻	横 一冊		綿屋（写）

「誹諧初学抄」巻頭　笹野堅氏編「齋藤徳元」昭和 11 年刊より

寛永十九年（1642）壬午

書名	形態	編著者・序跋	刊記等	所蔵・翻刻
誹諧之註	大	腐俳子著		俳書大系、古典俳文学大系
	一冊	自跋		綿屋、洒竹、竹冷
鷹筑波集	横	西武編	寛永十九初秋	俳書大系
	一冊	長頭丸跋	野田弥兵衛	綿屋、竹冷
俳諧百韻之抄		正章作（百韻自註）	渡奉公ニ「寛永十九年子二月下旬」トアリ	俳書大系・貞門
	一冊	自跋		竹冷、大東急、綿屋、洒竹 3104 3211
太哥観句葉	横	西武編		
	五冊	長頭丸跋（寛永十五年）		綿屋

寛永二十年（1643）癸未

書名	形態	著者・序跋	刊記	所在・備考
新増犬筑波集	横 二冊	長頭丸著 自序・自跋	寛永廿年初春 野田弥兵衛	俳書大系（淀川・油糟） 綿屋・洒竹（油糟…雲英氏蔵）
嚔草（くさめ）		立圃		俳句講座ニヨル
あふらかす よど河	横 二冊	長頭丸著 自序・自跋	寛永廿初春 京都野田彌兵衛	綿屋（三種アリ）

寛永二十一年・正保元年（１６４４）甲申

書名	体裁	編著者・序跋	刊記	書肆
犬子集	横 五冊	重頼編 自序	寛永廿壱年甲申暦初秋上旬 京都治右衛門	綿屋
両吟 尺日能長頭丸百韻	巻 一巻	長頭丸序、同奥		自筆 綿屋
寛永廿一年誹諧千句	（仮題）	（西日本国語国文学会翻刻双書　大内初夫氏校）		
天水抄集	巻 一巻	専 貞徳筆	寛文十庚戌美景吉祥日 伊藤太郎左衛門	綿屋

正保二年（1645）乙酉

毛吹草

横	五冊
重頼編	自序
	京都助左衛門
岩波文庫	綿屋（九部アリ）

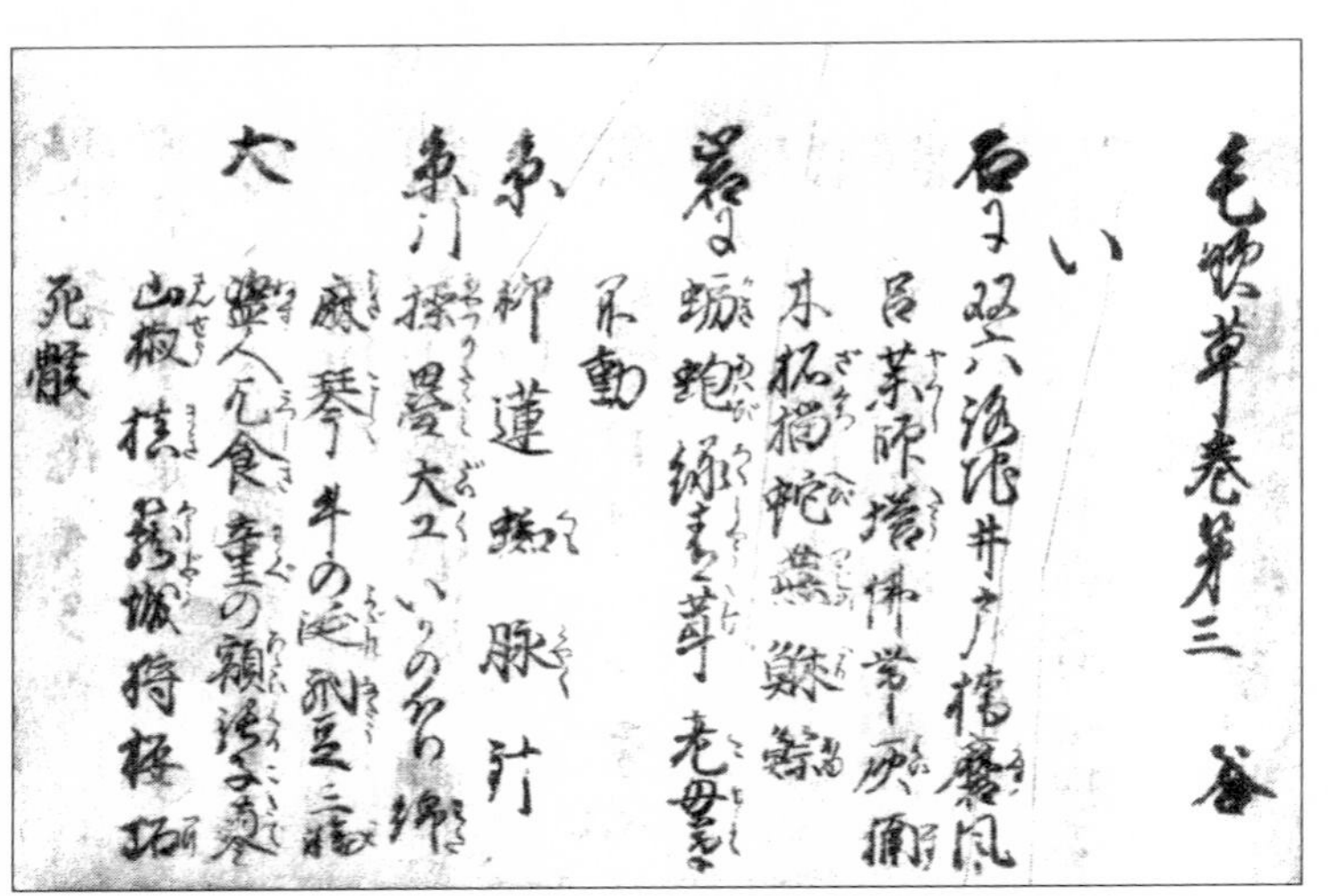

「毛吹草」巻三　付合部冒頭　編者架蔵本

正保三年（1646）丙戌

書名	形態	冊数	著者等	刊記等	所蔵等
鴉鷺俳諧	横	一冊	立圃編		綿屋
氷室守	大	四冊	正章著	正保三丙戌暦如月下旬中奥	俳書叢刊（五）の3 綿屋・柿衞、洒竹
氷室守	横		正章著	（「非無漏毛理」）	綿屋（欠本一冊）
郡山	大	一冊	池田正式著 跋		柿衞、竹冷478（五）
郡山	横	一冊	池田正式著 跋		穎原
底抜磨	横	二冊	幸和著　立圃編 立圃跋	正保三年十一月朔日奥	専修国文2 綿屋、永野（欠、上ノミ、寛文版カ？）
鶊鷺（ママ）千句		二冊	幸和作	阿誰軒ニヨル。右「底抜磨」ト別ニ挙ゲタリ「正保三年十一月」 洒竹目録ニアリ「上下合一鶊鷺千句 江崎幸和 正保三年」トアリ（今欠）	

正保四年（1647）丁亥

はなひ草	小	一冊	立圃著 自序・破盞子跋	正保四年	古典俳文学大系 貞門（二） 綿屋
毛吹草 追加	横	三冊	重頼著	正保四丁亥 三条通菱屋町 林甚右衛門	岩瀬文庫 綿屋
誹諧集 二千句	中	一冊			綿屋
誹諧集 三千句	中	一冊			綿屋
追福千句 誹諧	中	一冊	踏雪加藤磐斎著 一嚢子跋、中尾泉斎跋		綿屋（写）
小堀遠州発句集	巻	一巻	小堀遠州宗甫著		伝自筆 綿屋（写一巻）

正保五年・慶安元年（1648）戊子

書名	形態	著者等	刊記	所蔵等
誹諧千句（正章千句）	横	正章著　貞徳判	慶安元年仲冬吉旦	俳諧文庫、芭蕉以前上
	二冊	自跋（四年十一月）長頭丸奥		綿屋（七部アリ）
山之井	横	季吟著		俳書大系
	五冊		慶安元戊子暦南呂吉日重板	綿屋
山之井	大	季吟著	正保五年正月吉日	阿誰軒ニ「正保五年正月」トアリ
	五冊		小嶋市良右衛門開板	洒竹

「氷室守」巻頭・天理大学図書館綿屋文庫所蔵本

「郡山」巻頭・京都大学潁原文庫所蔵本

慶安二年（1649）己丑

書名	寸法	冊数	編著者・序跋	刊記等	所蔵・備考
花月千句	横	二冊	立圃、幸和、宗祐、栄徳、常知、仲昔、道与、成次、藤松	慶安二年奥	俳諧文庫、素堂鬼貫全集 綿屋（写）、酒竹（上下二冊） 558、（合一冊）559
望一千句	横	一冊	望一著 自序、自跋	慶安二年八月上旬 於勢州山田開板	俳書集覧（一） 酒竹3815
独琴	大	三冊	季吟著 自奥（己丑の年）		
師走の月夜	中	三冊	季吟著 自奥（己丑）		右と内容同じ、「独琴」ノ後刷 綿屋（上・中）◯（上中下）、酒竹（知仁勇合一冊）1412
そらつぶて	大	二冊	立圃著 自跋	別名「立圃句集」	俳諧文庫、珍本集（寛文三年板あり） 綿屋（後刷）、雲英（下巻）、酒竹（写・立圃句集）4021 ⇒寛文三
慶安子丑誹諧集	中	一冊	毎延編		綿屋

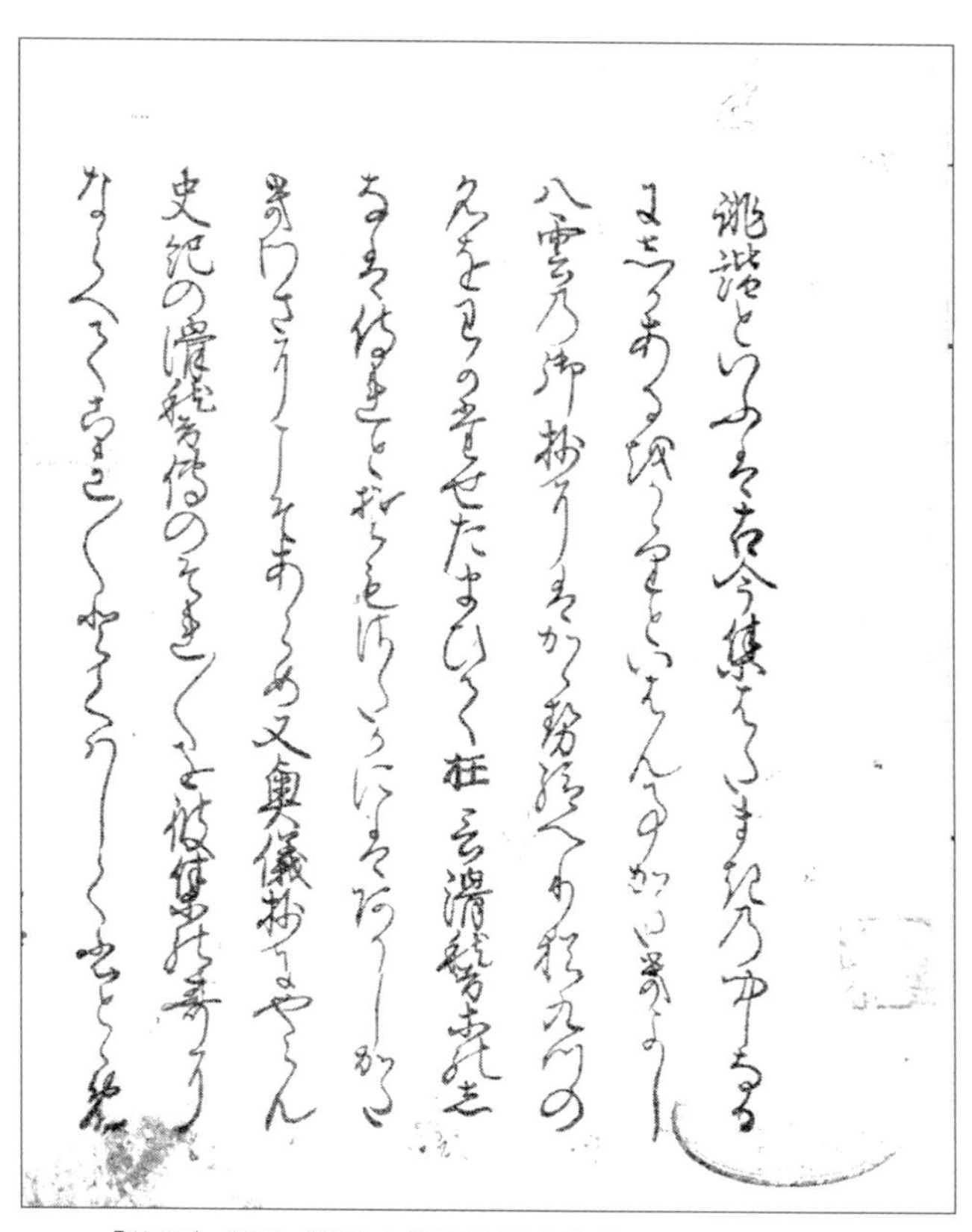

「独琴」巻頭（近世文学書誌研究会編
近世文学資料類従　古俳諧編 20 より）

慶安三年（1650）庚寅

書名	形態	著者・序跋	刊記	所蔵・備考
歩荒神	二冊	空門子著		渡奉公「九月九日」トアリ 洒竹旧蔵2
歩荒神追加	横 一冊	雲堂加藤半左衛門 自序・自跋		綿屋、京大（文）Hd3
伊勢山田誹諧集	横 一冊	利清・孝晴・望一	慶安三年仲春日 於伊勢山田八日市開板	俳書叢刊（二）5 綿屋
嘉多言	横 五冊	正章著 自序	慶安三庚寅暦応鐘下浣日奥 荒木利兵衛	日本古典全集 中野道伴板アリ 綿屋、穎原
久流留	横 五冊	西武著 自跋、長頭丸跋	慶安三庚寅年季秋吉辰 京都秋田屋平左ヱ門	綿屋、穎原
野犴集	横 二冊	定環著 自序、長頭丸跋		俳書叢刊 綿屋、穎原323
野犴集	大 二冊	定環著 自序、貞徳跋		綿屋、穎原324
熱田誹諧連歌月次九百韻	半 一冊	毎延編		綿屋

寛永古誹諧	半 一冊			綿屋
誹諧抜書	横 一冊	玄札著 自跋（閏十月）		自筆、写本ノミ、刊行セズ 洒竹 2671
山崎宗鑑影開百韻	横菊 一冊	季吟等著	巻頭ニ「慶安第三」トアリ	綿屋（写真）
妙法蓮華経	折 一帖	鳩摩羅什（後秦）訳 松永貞徳発願	慶安三稔庚寅正月廿八日（長頭丸奥）	綿屋

慶安四年（1651）辛卯

書名	形態	冊数	編著者・序跋	刊記	備考・所蔵
俳諧御傘	横	七冊	貞徳著 自序	慶安四暦 初秋 京都 林甚右衛門	万治二年板アリ 綿屋
花下式目	半	一冊			綿屋
逍遊明鏡集	横	一冊			綿屋
崑山集	中	十四冊	良徳編 昌易序、長頭丸序、自跋	慶安四暦仲秋吉辰日 崑山館道可処士鋟板	古典俳文学大系 貞門（一） 綿屋・早大・愛知県大

慶安五年・承応元年（1652）壬辰

書名	形態	編著者等	刊記	所蔵・備考
尾陽発句帳	横 二冊	（春流編カ?） 口養子跋（四年十二月吉日）	慶安五年三月吉辰 野田弥兵衛開行	藤園堂（上）、潁原、綿屋（写上）、加賀（下）、愛知学芸大（上）
俳諧萬句	横 十冊	立圃編		綿屋（巻一・二）（巻一）
守武千句	横 一冊	守武著 自跋	慶安五年孟夏良辰 野田弥兵衛	綿屋
若狐千句	横 二冊	友直著	表紙屋庄兵衛板	綿屋
十寸鏡	中 二冊	久次著 自序		追悼千句ナリ 国会（上）
雪の五百韵	半 一冊	毎延		綿屋
ついすへ子		西武著		渡奉公、開板ナキ分ニアリ （「万句ノ初、慶安五年」トアリ）

承応二年（1653）癸巳

書名	体裁	冊数	著者	年記	備考	
河船徳萬歳	大	一冊	立圃著	承応二仲秋吉辰奥	俳書叢刊（三）、近世文学資料類従3	綿屋
集配戒	折	一冊	立圃著		自筆	綿屋
貞徳終焉記	半	一冊	腐俳子正章著		続三十輯（九）	綿屋
津山紀行	巻	一巻	西山宗因著		自筆	綿屋
誹諧千句		二冊	立圃作		渡奉公ニヨル「下巻下愚松葉誌也　承応二年八月立圃作」トアリ	
正式百首			池田正式著	内題「春日社法楽詠百首和歌」	大写　合一冊　洒竹1725（正式百首・美作に下りし道日記）	
美作に下りし道日記			西山宗因著	癸巳の秋文月廿三日（巻頭）		
相伝一大事秘切紙			鶏冠井良徳	承応二年	（「道の枝折」（延宝九）と合一冊）	洒竹3604「連俳伝書二種」トシテ蔵

承応三年（1654）甲午

書名	形態	冊数	編著者		書肆	備考
知足書留古誹諧	横	一冊	知足編		綿屋	百韻十二巻ナリ
十一百韻	横	一冊	知足編		綿屋	
萩苍		一冊	西武作			渡奉公ニヨル「承応三年比」トアリ

承応年間	水車軏	横	四冊	中嶋勝直著	綿屋（春・夏）

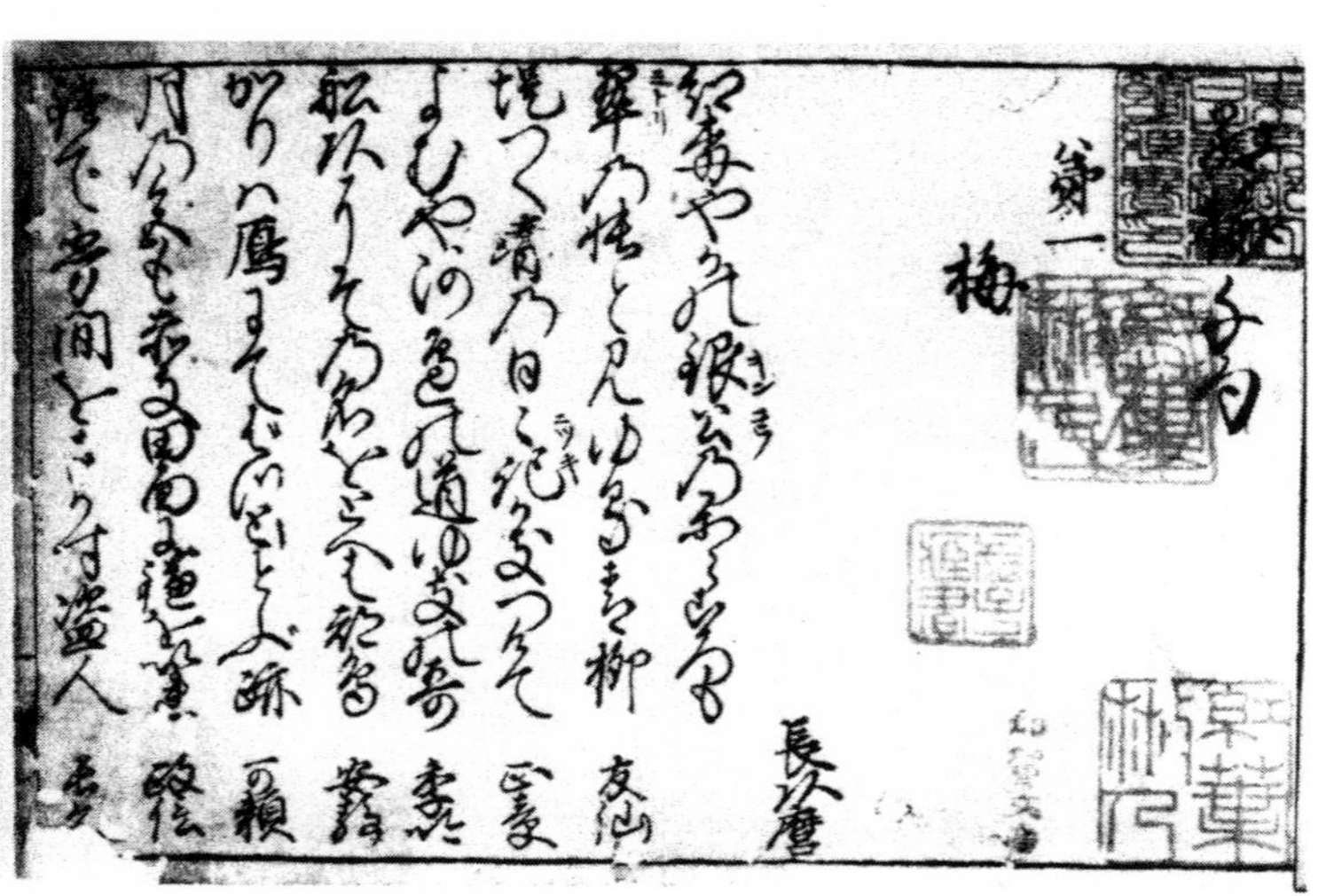

「紅梅千句」巻頭
勉誠社発行、近世文学書誌研究会編
近世文学資料類従・古俳諧編 39 より転載

承応四年・明暦元年（1655）乙未

書名	形態	冊数	著者・序跋	刊記等	所蔵等
貞徳翁紅梅千句	横	一冊	貞徳… 季吟跋	明暦元年乙未五月吉日 敦賀屋九兵衛	俳書大系 綿屋
紅梅千句	横	一冊	貞徳	敦賀屋久兵衛	光丘
良薬抄秘府	横	一冊	燕石著		綿屋
夜のにしき	中	一冊	燕石著		高知女子大学紀要18米谷氏翻刻 綿屋
毎延俳諧集	半	一冊	毎延編		自筆 綿屋
信親千句	横	一冊	信親著、立圃点 立圃跋（明暦元年）	内題　独吟千句	綿屋
俳諧師奥儀	大	二冊	富永治右衛門燕石著 自跋	明暦元年十月吉蓂（奥）	竹冷

明暦二年（1656）丙申

書名	型・冊数	編著者・序跋	刊記	所蔵・備考
玉海集	横 七冊	貞室編 正式序、昌易跋、自跋	明暦二年丙申八月吉日 敦賀屋久兵衛	俳書大系 綿屋
誹諧合	中 六冊	季吟編　同判 元隣跋	明暦二丙申歳初秋吉日 秋田屋平左衛門	綿屋（巻二欠）（巻一、四、五）
新板はなひ草	小 一冊	親重著 破盞子跋	明暦二年七月吉祥日奥	
いなご	中 二冊	季吟著 自序		稀書複製会
崑山集	中 十四冊	良徳編	明暦二年丙申夷則吉祥日 秋田屋平左衛門	慶安四年初版カ？ 古典俳文学大系　貞門（一） 綿屋
崑山土塵集	中 六冊	良徳編		綿屋、藤園堂（冬）
馬鹿集	横 六冊	池田長式著	明暦二年正月 秋田屋平左衛門開板	資料と考証Ⅲ（追加ノ内題「慇懃集」） 京大（文）（巻一欠）、綿屋（巻四ノミ）
口真似草	中 五冊	梅盛編 自序、野也跋	明暦二年丙申十月廿日 安田十兵衛	柿衛（巻一）、藤園 綿屋（巻二欠）、竹冷、松宇

書名	形態	冊数	編著・序跋	刊年・書肆	所蔵・備考
熱田万句のうち 九一 九二	半	一冊			綿屋
せわ焼草	横	五冊	皆虚編 自序、空願跋	明暦二丙申歳皐月吉辰 西田庄兵衛	綿屋(巻四欠)(写揃)、京大(文)
世話尽			皆虚述	明暦二刊 西田庄兵衛	穎原Hd3、Hd25
古事俳諧 并韻字俳諧 神社俳諧	半	一冊			毎延写 綿屋
ゆめみ草	横	五冊	蔭山休安編 自序	明暦二年丙申睦月中旬奥 安田十兵衛	古典俳文学大系 談林(一) 綿屋(巻四欠)(写揃)(巻二欠)、岩瀬(巻五欠)
破罟魔		三冊	是誰著		「渡奉公」ニヨル「内一巻姫路明暦二年五月」トアリ
向栄文集			宗因著		俳諧書籍目録ニヨル

明暦三年（1657）丁酉

書名	型・冊数	編著者・序跋	刊記	備考
嘲哢集	中 三冊	及加編 自序		いろは引辞典 綿屋（上・中）
砂金袋	半 六冊	西武編 切臨序、永三跋	京 丸屋庄三郎板	洒竹
世の中百首註	中 二冊	守武著、元隣註 元隣序	明暦三序	別名「俳諧人間世」 ⇓寛文七
狭之細布	四冊	安静		渡奉公ニヨル「三月」トアリ
物忘草	五冊	蝶々子		渡奉公ニヨル「霜月」トアリ
人眞似	二冊	立圃		渡奉公ニヨル「十一月」トアリ
十種千句	二冊	玄札・白鷗		成立刊行ハ寛文八 松宇（明暦三写）

明暦四年・萬治元年（1658）戊戌

鸚鵡集	中 十冊	梅盛編	野也序	安田十兵衛	柿衛、藤園、綿屋（欠本）、国会、愛知県大
尾張八百韻	横 一冊	友次…	友次跋	安田十兵衛	綿屋（写）、国会
拾玉集	中 四冊カ	元知編	幽軒跋		阿誰軒「四冊」トアリ 綿屋（夏・冬）
牛飼	中 五冊	燕石編	自序（三年八月廿日）		和露文庫普及会 綿屋（巻四欠）、柿衛
誹諧進正集	横 一冊				古典文庫季吟俳論集 綿屋
知足歳旦帖					綿屋（石田元季写）
京童	六冊	中川喜雲著		明暦四刊	（地誌）近世文芸叢書
懐子					刊行ハ万治三 万治元ニ稿ナルカ

萬治二年（1659）己亥

書名	形態	編著者・序跋	刊記	所蔵・翻刻
俳諧御傘	横 十冊	貞徳著 自序	万治二己亥年仲秋吉辰 安田十兵衛	俳書大系 蕉門続集下 綿屋
俳諧御傘	横 十冊	貞徳著 自序	井上忠兵衛・野田治兵衛	綿屋
俳諧御傘	大 十冊	貞徳著 自序	井上忠兵衛・野田治兵衛	綿屋
伊勢俳諧　新發句帳	横 四冊	自序	万治二己亥年十一月日奥	綿屋（写）（冬欠）、岩瀬
鉋屑	中 七冊	胤及編 自序・季吟跋	万治二暦長月中旬 西田庄兵衛	綿屋（欠本）
貞徳百匀　独吟　自註	横 一冊	貞徳著	万治二年己亥仲秋中旬 野田基春	貞門俳諧自註百韻 綿屋
捨子集	中 四冊	梅盛編 吟嘯軒序（初冬中旬）		近世文学資料類従15 早大
御点取俳諧百類集	横 一冊	義概編 玄札・未得・立圃点		綿屋

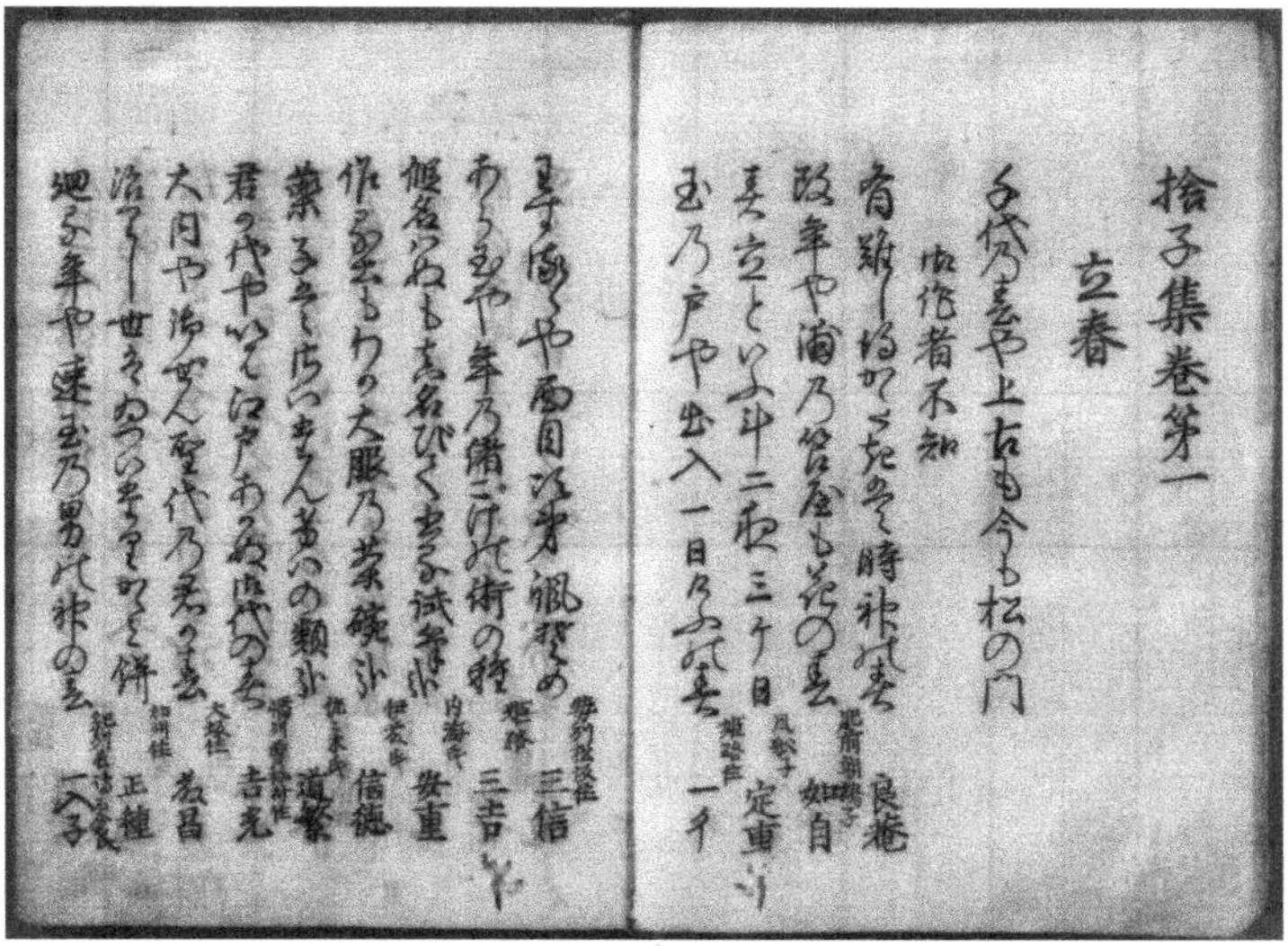
捨子集巻第一

立春

早稲田大学図書館所蔵本「捨子集」

仙台紀行	
一冊	
	有次
洒竹1881	

萬治三年（1660）庚子

番号	書名	型	冊数	編者・序跋	刊記	所蔵・備考
	慕綮集	横	四冊	隼士常辰編　序		綿屋（巻一）
	ふところ子	横	十冊	重頼編　自序		綿屋(巻七・九)、竹冷27六七五、京大国文（巻七）　⇒延宝四
	懐子乳母	横	八冊	重頼編		竹冷27六七八（四冊）
	源氏鬟鏡	大	二冊	小島宗賢、鈴村信房編　自序　素柏跋	度々市兵衛開板	古典俳文学大系 貞門（一）　愛知県大、綿屋（版本写　下一冊）
	源氏鬟鏡	大	二冊		江戸　鱗形屋板	綿屋
	俳諧 百人一句	大	二冊	重以編　自序		寛文七版アリ　綿屋　⇒寛文七
	哥林鋸屑集	中		一雪編	万治三庚子年初夏吉祥　秋田屋平左衛門板行	俳諧史の諸問題（最終巻ノミ）　綿屋（二・三）、藤園堂→愛知県大（二・三・四）
1021	こまさらひ	横	三冊	親祐軒隼士常辰編　自序		綿屋（上・中）、洒竹（上・中）

境海草	横 二冊	顕成編 自序（二月十五日）	万治三庚子暦七月吉日 中村長兵衛新刊	古典俳文学大系 談林（一） 綿屋（写）、神宮文庫
新続犬筑波集	中 十冊	季吟編 自序	西村三郎兵衛	綿屋、竹冷27六六八
和哥竹	中 五冊	由雪編 守静子序 自跋	万治三庚子年九月吉日 中野小左衛門	綿屋
俳仙 三十六人集	一冊	序		阿誰軒ニ「四月野田弥兵衛版元梅盛作」トアリ 柿衛
絵そらごと	大 一冊	江戸 荒木加友編 玄札序		洒竹424
九百韻	一冊	立圃作		渡奉公ニヨル「六月上旬」トアリ 寛永十四年ニモ同名書アリ
継子立	三冊	梅盛門弟作 （大和田武門）		渡奉公ニヨル「六月上旬」トアリ 阿誰軒ニハ「大和武門作」トアリ 家譜ニハ「大和田武門 継子立作者」トアル
両吟集	四冊	季吟暫砕 巻頭	万治三年子正月七日	渡奉公ニヨル

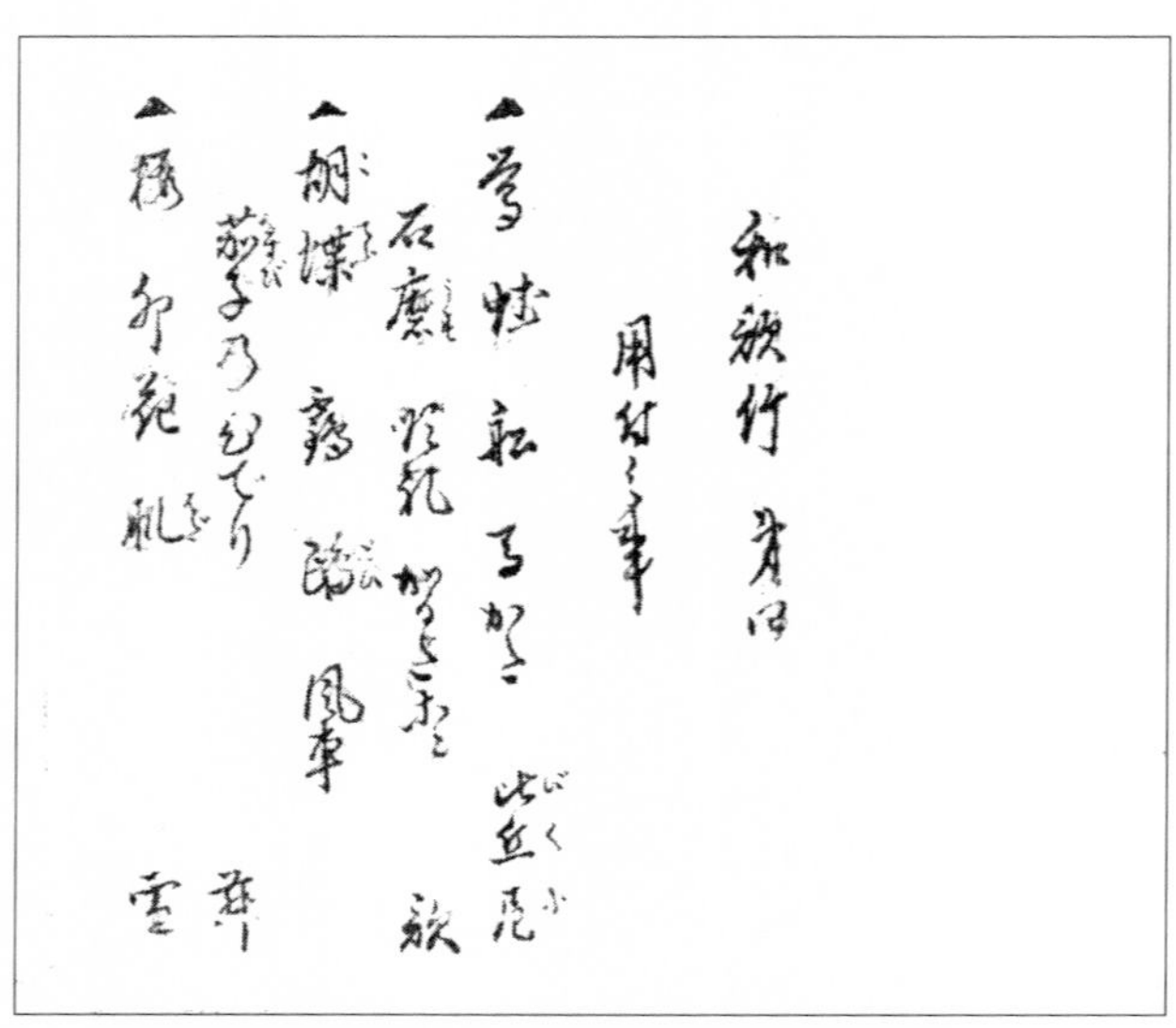

「和歌竹」巻四付合部冒頭（京大潁原文庫所蔵本）

壬生天神御社 誹諧之連歌 為奉納興業 百韻
巻
一巻
貞室等著
貞室自筆
綿屋（写一巻）

萬治四年・寛文元年（1661）辛丑

書名	判型	冊数	編著者・序跋	刊記	備考
弁説集	中	五冊	良保編		中村俊定（秋）、綿屋、潁原（写）
烏帽子箱	中	四冊	立以編 立圃序、自跋		光丘伊達、跋欠（写真）、乾、 桜井、綿屋（春、夏）（欠本アリ）
絲瓜草	中	五冊	専庵道甘編 自序、見純跋	中野五郎左衛門	綿屋
水車集	横	二冊	中嶋勝直著 自序、西武跋	京 菱屋次郎兵衛	（別名「紙屋川水車」）⇓寛文四 綿屋、藤園
天神奉納集	中	二冊	黒田元上編 自序	萬治四年辛丑正月吉日 中野小左衛門	綿屋
思出草	中	六冊	蝶々子編		渡奉公ニ「寛文元年丑五月下旬」トアリ 潁原（巻二）（冒頭六マデ欠）
浮世長刀		一冊	一興著		渡奉公ニヨル
入聟集	中	一冊	立以編		「烏帽子箱」ニ付載スベシ 洒竹

書名	形態	編著・序跋	年次	所蔵
俳諧漢和	横 一冊			毎延写 綿屋
尾蝿集	一冊	服部定清作 立浦加筆	万治四年丑三月	渡奉公ニヨル
初髻	七冊	「是誰自叙令信跋」（渡奉公）（初本結） 「寛文元十二月上浣」（渡奉公）		渡奉公、阿誰軒ニヨル 万治元序・寛文二刊 ⇓初本結 寛文二
埋草	半	成安編 自序（寛文元年）		綿屋（写・合二冊）
北村季吟日記	横四六 一冊	北村季吟著	（京都新玉津島神社蔵寛文元年従七月至十二月季吟自筆）	綿屋（自筆本ノ写真）
鄙諺集		荻野安静編	寛文元年刊	潁原HC51（巻6、美濃半截）
遠近集		西村長愛子編 自序	寛文元年（本文） 京都山中理右衛門	洒竹546（目録ニ寛文元トアリ、刊行ハ寛文六カ？） ⇓寛文六

寛文二年（1662）壬寅

書名	書型・冊数	編著者・序跋	刊記	所蔵・備考
俳集良材	中	宮川政由編		阿誰軒、渡奉公ハ寛文三年七月中旬
	三冊	磐斎序、自序、切臨跋	京都 谷岡七左衛門	竹冷18四三五、綿屋（中欠）
はいかい仕やう	横	山岡元隣著	寛文二年初春日奥	「身楽千句」ト併セタルモノカ、「誹諧小式」トモ
	一冊	求心子序		綿屋、京大（文）
誹諧續仕様		玄恕		渡奉公「開板ナキ分」ニアリ
初元結	中	是誰著	寛文二年二月	
	七冊	自序、乗柳子跋、令信跋	中野太郎左衛門	綿屋（欠本）、国会
玉櫛笥	中	池田是誰著	寛文二壬寅吉祥日	初元結付録　俳諧文庫・俳諧論集
	一冊			綿屋、竹冷21五二九（落葉籠ト題ス）
花の露	中	道甘編		
	四冊			綿屋（巻一）
鄙諺集	中	安静編		
	八冊			綿屋（巻六写）、潁原HC51（巻六）⇒寛文元
新板毛吹草	横	重頼編	寛文二年壬寅孟秋吉日奥	
	五冊	自序		綿屋

書名	型・冊数	編者・序跋	刊記	所蔵・備考
身の樂千句	横 一冊	元隣編 正淑序、自序		綿屋、洒竹3601
雀子集	中 六冊	銀光軒光方 自序		近世文学資料類従14 早大、学習院殿田（巻三）、綿屋（巻三写）
誹諧旅枕	中 三冊	村上令敬編 宇野道通跋	山本七左衛門	西日本国語国文学会翻刻双書 佐賀大学　綿屋（中）
伊勢正直集	中 七冊	如之編 自序、無名子跋	中野市左衛門	神宮文庫、山崎文庫、綿屋（巻二）
貞徳和句解（わくげ）	横 六冊		寛文二年五月吉日 飯田忠兵衛	
鹿驚集	五冊	春清		阿誰軒ニ「三月」トアリ 渡奉公ニ「安山子此内也」トアリ
良保千句	一冊			渡奉公ニ「一冊子息筆、寛文二年七月」トアリ
續境海草	五冊	「堺住阿知顕成作」（渡奉公）「同年（寛文二年）ノ七月」（渡奉公）		渡奉公ニヨル

新撰抜粋抄　跡追 九衆韵	半	一冊			綿屋（写・一冊）
誹諧小式	横	一冊	玄水山岡元隣著	自跋（寛文二年）求心子序（寛文二年）	綿屋

寛文三年（1663）癸卯

書名	型	冊数	編著者・序跋	刊記	所蔵・翻刻
俳諧茶杓竹	横	四冊	一雪著 自序	寛文三癸卯歳八月吉辰 安田十兵衛　追加ノ内題「副紗物」	古典文庫121 綿屋
五條百句	中	一冊	貞室著 自序		俳書叢刊、古典文庫122 綿屋
木玉集	中	六冊	倫員編	寛文三暦初冬廿日奥 村上勘兵衛	綿屋
破枕集	中	三冊	良保編 自序		洒竹3680、綿屋（写）
尾蝿集	中	一冊	定清編 自序、鵬鶉子跋	京都 谷口三餘	綿屋、竹冷30七七一
尾蝿集	大	一冊			綿屋
誹諧忍草	大	一冊	清長編		追悼句集 綿屋（写）、潁原（写）
早梅集	横	四冊	梅盛編 一イ子序		綿屋（写）（巻一ノミ）、潁原（写 H161「俳諧染糸」ニ合綴）

書名	判型・冊数	編著者・序跋	備考	所蔵等
空つぶて	大 二冊	立圃著 自跋	 山本五兵衛	慶安二年ノ項ニモ出 京大（国文Hc14）
埋草	横 五冊	成安編 自序（寛文元年）		 綿屋（写）・（秋）、洒竹
鼻苗集	半紙 二冊	梅盛編		狂歌集
貞徳誹諧記	横菊	椋梨一雪編		綿屋（闕一冊）
歳旦帖 知足書留	大 一冊	知足編	（奥 寛文三癸卯正月日写之下里氏）	 綿屋（影写一冊）
立圃独吟 何亀百韻自註	中 一冊	立圃著 自跋（寛文三年）		 綿屋
誹諧集	横	北村季吟編 自序	（万治三～寛文三ノ連句） 寛文三年刊	 穎原Hc54
思出草	 六冊	蝶々子編	寛文三年刊	成立ハ寛文元年カ 穎原（巻2）Hc52

⇓寛文元

書名	体裁	編著者	刊記	備考
俳諧 増山井 四季之詞	中 一冊	季吟著	寛文三年卯霜月冬至日 江戸 戸倉屋喜兵衛	（小横本モアリ1956）正保四「山之井」ト同ジ 酒竹1957
落穂集	中 七冊	高瀬梅盛編	寛文三刊	寛文四版アリ 綿屋（写欠一冊）
桜川		風虎編	（三浦若海俳書目録ハ寛文三トスルモマチガイカ？・）	成立刊行ハ延宝二カ ⇓延宝二

「俳諧 増山井 四季之詞」（編者架蔵本）

「初本結」付合冒頭、島本昌一氏編「初本結」（昭和六十年刊）より転載

寛文四年（1664）甲辰

書名	判型・冊数	編著・序跋	刊記	所蔵・備考
阿波手集	中 四冊	友次編 呆翁序、梢拙序、自跋		藤園堂（春、秋、冬）、酒竹（夏） 綿屋（写）潁原（写）
蝿打	横 五冊	乾貞恕著 自序	寛文四甲辰年六月吉日 京都 和泉屋八郎兵衛	古典文庫121 綿屋、京大文（零本）
はなひ草大全	横	[illegible]帑軒編 自序	 一文し屋三郎右衛門	寛文五刊 綿屋
はなひ草大全	横	[illegible]帑軒編 自序	寛文四甲辰六月吉日 京都 河野角之丞	 綿屋
俳諧名所附合	横 一冊	寸胸子重俊著 自序	寛文甲辰稔中秋下旬奥	 綿屋
みこの舞	横 一冊	友貞著 立圃点跋		独吟千句 綿屋
落穂集	中 七冊	梅盛編 西村景素序、吟嘯軒跋	寛文甲辰極月吉日 野田弥兵衛	初刷ハ寛文三カ（渡奉公） 綿屋（秋上下）、国会
誹諧両吟集（仮名）	横 二冊	季吟等 序	寛文四刊 西村又左衛門	 綿屋、潁原Hc54（写）

佐夜中山集	横 六冊	重頼編 自跋		近世文学資料類従 国会、松宇、綿屋（写）
梅翁吉田参詣記	巻 一巻	梅翁著	（奥 寛文四年梅翁）	
西翁道之記		西山宗因著 併独吟（寛文四年刊）付鎌倉三吟（延宝三年）		潁原Hl3、Hl5
紙屋川水車				寛文元刊（「水車集」）
（参）東下リ富士一見記	巻 一巻	松山玖也著		国語国文 昭廿八の四 自筆（岡田利兵衛）

⇒寛文元

寛文五年（1665）乙巳

書名	型・冊数	編著者・序跋	刊記・板元	備考・所蔵
はなひ草大全	横 一冊	鞸帑軒編 自序	京都 堺屋勝兵衛板	（寛文四年初刷） 京大、潁原
俳諧談	半 一冊	盤斎著 良保序、自跋	田原仁兵衛板	洒竹、綿屋（写）
小町躍	大 六冊	立圃編 自序・自奥		近世文学資料類従2・3 綿屋（写）（欠）、潁原（写 六欠）
都草	中 三冊	由健編 自序、守黒子跋		綿屋（写）
蘆花集	中 四冊	似船編	寛文五乙巳三月吉辰 京都 西尾五兵衛板行	早大（春・夏）、潁原（冬・写）、綿屋（冬・写）
底抜臼	横 二冊	幸和著、立圃編	寛文五稔八月吉祥 長尾平兵衛	綿屋
大坂俳諧雪千句	横 二冊		寛文五乙巳中冬 吉野屋板	点者十名、追加三吟（重安、保友、一幽） 竹冷、潁原（写）
誹諧天神の法楽千句	横 一冊	圓立編、立圃点 立圃跋		渡奉公ニ「立圃作 寛文五巳三月中旬」トアリ 綿屋

あは、千句		西武作		渡奉公開板ナキ分ニアリ「一日千句ノ初・寛文五年二月廿四日」トアリ
十會集	一冊	季吟撰	寛文五年十月十五日	渡奉公ニヨル
四十番俳諧合	中 一冊	維舟編	寛文五暦霜月三日奥	自筆 綿屋
（cf）新板 連歌新式増抄	大		寛文五乙巳年八月日（奥） 京都長尾平兵衛	洒竹4068、E32 506、E32 558（Eは東大普通書庫）

寛文六年（1666）丙午

書名	判型・冊数	編著者・序跋	刊記等	所蔵・備考
俳諧独吟集	横 二冊	重徳編 自序	寛文六丙午年重陽吉日 重徳	古典俳文学大系 貞門（一） 竹冷、洒竹、綿屋（下）（写）
遠近集	中 七冊	長愛子、西村吉竹編 自序、自跋	京都 山中理右衛門	綿屋、洒竹596、柿衛 ⇒寛文元
誹諧洗濯物	中 四冊	一雪編 盤斎序、自跋、西武跋		綿屋（欠、二）
洗濯礁	中 二冊	牛露軒椋梨一雪編 自跋、西武跋		綿屋（闕一冊）
歌仙ぞろへ	横 一冊	元隣編 自序		俳書大系 貞門 竹冷―二五
歳旦 知足書留	大 一冊	知足編		綿屋
東帰稿	大 一冊	如桜子、福住道祐	寛文丙午六月廿三日奥	綿屋
風俗集	三冊	良保作		渡奉公ニヨル「五月」トアリ

書名	形態	編著者・序跋	刊記	所蔵
阿波千句	中 一冊	一雪編カ		零本 竹冷―二四
正友千句	横 二冊	正友著 自序、無名子跋	津屋勘兵衛	洒竹
発句帳	小		寛文六稔仲秋吉旦（奥） 長尾平兵衛	洒竹（小欠二3364）（小欠一3363）
十二枝句合	巻 一巻	立圃著 自序、自奥		赤木文庫、近世文学資料類従

寛文七年（1667）丁未

書名	書型・冊数	編著者等	刊記	備考
玉海集 追加	中 七冊	貞室編 自跋	京都 平井氏	綿屋
百人一句	大 一冊	重以編 自跋	寛文丁未孟春日 京都 田中文内	万治三年板アリ
小すまふ	横 五冊	序	京 三河屋	点者二十名、桂葉・可全両吟（秋田俳書大系） 綿屋 合一冊（写）、綿屋（欠三冊）
望一千句 前 後	横 二冊	望一著	寛文七年正月吉日 野田弥兵衛	綿屋
俳諧人間世	中 一冊	守武著・元隣註 元隣序（明暦三年）	寛文七丁未年初夏吉日 村岸市兵衛	綿屋
新續犬筑波集	中 十冊	季吟編 自序（万治三年）	寛文七丁未稔孟春吉旦 西村三郎兵衛	綿屋
續山井	横 七冊	湖春編 自跋・友静奥	寛文七年十月十八日奥 京都 谷岡七左衛門	古典俳文学大系 貞門（二） 綿屋（欠）、綿屋（写）
ゑ入 清十郎ついぜん やつこはいかい	中 一冊	可徳著 定興判	寛文七年正月吉祥日 うろこがたや新板	古典俳文学大系 貞門（一）、新俳諧叢書（二） 洒竹3681

⇒明暦三

書名	形態	編著者	年次	所蔵・備考
連歌俳諧相違の事		立圃	寛文七年奥	自筆
				綿屋（立圃集のうち）
たはふれ草		良保		潁原（Hc68・春半写）零本ナリ
				柿衛（春下・一冊）
貝殻集	横	成安輯 秀政編		資料と考証V
	四冊	秀政序（卯月上旬）		大方氏、綿屋（写真）
古今四季友		立静著		渡奉公ニヨル「九月」トアリ
	二冊	盤斎序		
伊勢踊		春陽軒加友撰	寛文七刊	（綿屋・神宮→寛文八年）
		自序		潁原Hc11（春秋冬、原稿紙写）
誹諧手に葉	大	立圃編	寛文七年六月日（奥）	
				東大E32（写一冊）
嗚呼立千句		塵芥子山本重軌著	寛文七霜月上旬	（「あ立た千句」（寛文八））
	一冊	寛文七序		綿屋、柿衛

寛文八年（1668）戊申

書名	形態	編著者・序跋	刊記	所蔵
あ立（たつ）た千句	横 一冊	塵芥子山本重軌著 自序 自跋 平野自易跋		（「嗚呼立千句」（寛文七）） 綿屋
巳己巳己（いこしき）千句	横 四冊	嶺利、有哉、親信、正隣 自序、立圃跋		（以古志喜） 綿屋（二欠）、綿屋（延宝写本三種アリ、大本）
思ひ子		立圃	寛文八年仲秋吉辰奥	綿屋（右写本ニ付載）
伊勢踊	横 五冊	加友編 自序	寛文八戊申暦五月下旬 中野五郎左衛門尉	（潁原→寛文七刊） 綿屋（春秋冬）、神宮（完本）
細少石（さざれいし）	中 五冊	梅盛編 独遊軒序	寛文戊申季夏上浣 野田弥兵衛	（題簽「細石」モアリ） 綿屋、洒竹（夏）3466、潁原（秋）
とくさ千句	中 二冊	玄札、白鴎著	寛文八戊申年 西村又右衛門	綿屋（欠）
鳥合	一冊	安都判		阿誰軒「卅六禽句合」アリ 潁原Hc69（写）、柿衛
老古傳銀閣百韻舊記	大 一冊	梅翁著	寛文八申歳如月奥	綿屋

書名	形態	著者等	年記	備考
八嶋紀行	横 一冊	玖也著	寛文八中秋晦日 林松坊写	綿屋
花火綱目	三冊	小川景三序	同（寛文）八年七月上旬	渡奉公ニヨル
誹諧の連歌	一軸	安原貞室筆		（写）柿衛（貞室自筆）
便船集	横 三冊（合）	梅盛著	「寛文八初冬中の十日　陀心子 梅盛」（巻一四季の詞の末）	寛文九年版モアリ 早大
連集良材	大 一冊			酒竹4095、4097、E32

寛文九年（1669）己酉

書名	型	冊数	著編者・序跋	刊年・版元	備考・所蔵
便船集	横	七冊	梅盛著 自序跋	寛文九己酉年孟春日奥 京都 與左衛門	寛文八年版アリ 綿屋、潁原、京大（国文）
一本草	半	五冊	未琢編 盤斎序		綿屋（春上）
狂遊集	大	二冊	夢丸編 梅盛序、自跋	野田弥兵衛	狂歌アリ 綿屋、横山重、岸得蔵（下）
百五拾番誹諧発句合	横	二冊	季吟編・同判	寛文九年三月三日	自筆 綿屋
新撰抜粋抄	中	一冊		寛文九年酉中秋十七日写	付合集 綿屋
筑紫紀行	巻	一巻	維舟著	寛文九年	自筆 綿屋
立圃集（仮名）	巻	一巻	自筆	（奥書「于時慶安三年仲春　立圃」より順次数種）	綿屋
立圃追善集	小		野々口生白鏡山編		洒竹（上ノミ）4216

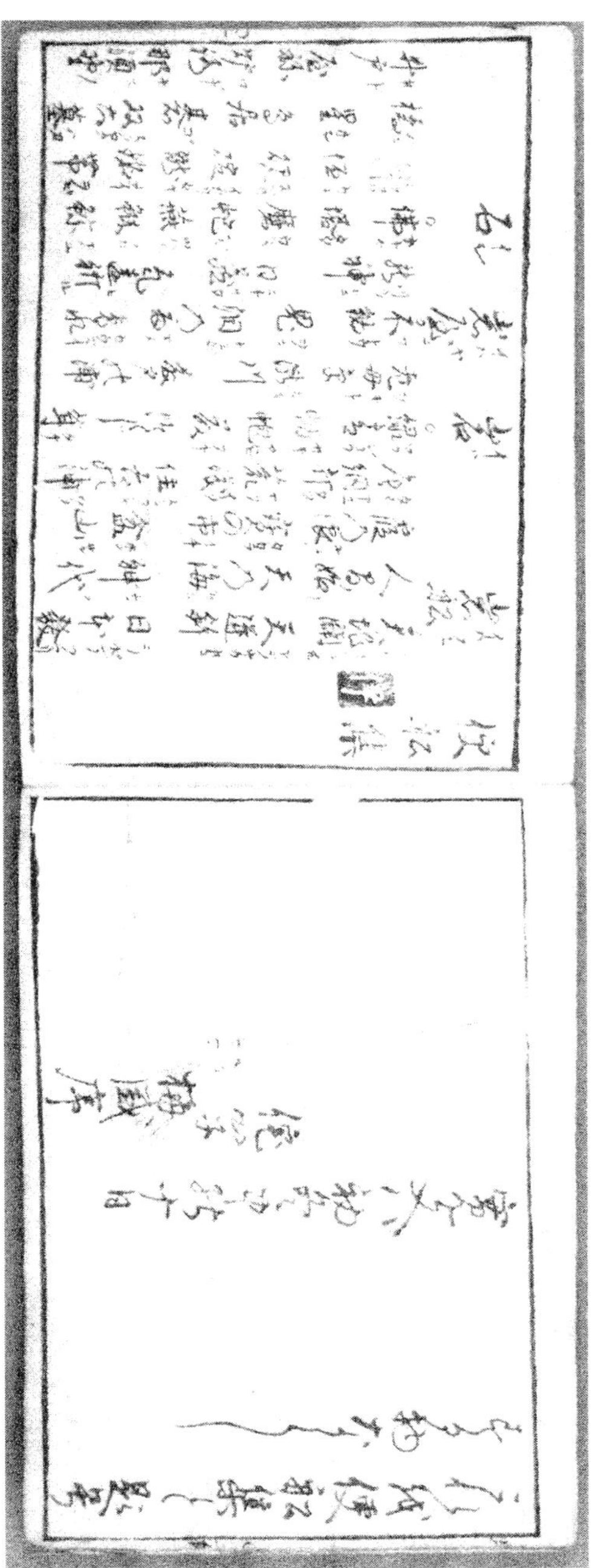

「便船集」早稲田大学図書館所蔵本

寛文十年（1670）庚戌

書名	型・冊数	編著者等	刊記	所蔵
誹諧句集	横 一冊	季吟編		自筆 綿屋
季吟誹諧集	横 一冊	（連衆）季吟14、信徳13、元隣13、可全12、常俊9、道繁11、昔厳9、宣之8、湖春1、執筆1		綿屋
季吟宗匠誹諧	横 一冊	（連衆）季吟13、順也11、一歩11、土也10、道繁10、信徳10、倫員10、似春10、離雲2、湖春12、執筆1		綿屋
萬句之内　十百韻集	中	計艤著、宗因点、玄札点 自奥		延宝六年ノ項参照 綿屋（欠三冊）
物名誹諧千句	横 一冊	橋本守昌編 毎延序		
立圃追悼集	中 二冊	野々口生白鏡山編	寛文十年戌七月吉辰 ゑさうしや喜右衛門	三十輻（上巻） 綿屋（下）
誹諧詞友集	中 四冊	種寛編 卜圃跋		綿屋（秋冬）
大和順礼	中 三冊	岡村正辰編	荒川宗長板	洒竹3862、竹冷9二四三、綿屋（上）

⇓延宝六

書名	形態	冊数	編著者	刊年・書肆	備考
寛伍集	横	四冊	元順編		阿誰軒ニ五冊トアリ付句アリシカ現存巻四（冬）ノミ 榎坂
天水抄	半	四冊	良徳編	寛文十年二月 京都 小嶋市十郎板	寛文十一年小板本アリ
湊舟十万句		五冊	西村可玖重親作		渡奉公ニヨル「末冬」トアリ
濱荻			卜圃		阿誰軒「三月」トアリ（寛文十二年） 渡奉公「一番謡也立圃作」トアリ ⇒寛文十二
續境海草	横	五冊	顕成編 玄周跋、自跋	寛文十年庚戌八月下旬（跋）	寛文十二年板アリ 愛知県大（付句ノミ）、綿屋（右ノ写） ⇒寛文十二
誹枕	小横	三冊	幽山編 小泉友賢序	寛文十庚戌稔仲夏日	竹冷103

寛文十一年（1671）辛亥

蛙井集	中	五冊	自足子山口清勝編	自序、自奥	寛文十一辛亥暦正月吉辰	近江屋次郎右衛門		綿屋（一、五）
塵塚	横	五冊	池島成之編	自序				綿屋（春）
難波草	中	四冊	宜休		寛文十一辛亥年七月廿五日奥		題簽「何葉句作」ノ書アリ	綿屋（写）、綿屋（秋・冬）
落花集	横	四冊	以仙編	自序		京 山本七郎兵衛		柿衛、綿屋（春写）
落華集 五	横	一冊	以仙編				宗因独吟千句ナリ	綿屋
新獨吟集	横	二冊	寺田重徳編		寛文十一歳林鐘中旬	寺田与平次		綿屋
新百人一句	半	二冊	重以編	自序・元隣跋	寛文十一辛亥年初春吉日	八尾		綿屋（下）
寶蔵	大	五冊	山岡元隣著	自序、元恕跋		京都 秋田屋五郎兵衛	古典俳文学大系 貞門（二）	綿屋

書名			編者・作者		刊記・書肆		備考・所蔵	
誹諧藪香物	横	二冊	一水軒吉田友次編	春流序	寛文十一 辛亥 林鐘吉日	中村七兵衛		綿屋
ゑ入 よしの山ひとりあない	大	六冊	周可編		寛文十一年衣更着日奥	吉野山惣兵衛	和歌・狂歌・連歌アリ 珍書保存会	綿屋
天水抄	小	一冊				水田甚左衛門	寛文十年板半紙本アリ	
寛文十一年歳旦三ツ物俳諧	巻	一巻					勢陽論叢第二号	神宮文庫
俳諧 形見車		二冊					立圃一周忌追悼	酒竹旧蔵563
赤紫		二冊	南都 道弘作	季吟点			渡奉公ニヨル「五月」トアリ	
誹諧道連		一冊	小谷立静作				渡奉公ニヨル「仲冬」トアリ	
一本草	中		坤菴石田未琢編	磐斎序（寛文九年）				綿屋（写　欠一冊）

⇓寛文九

法運道誓　三十三回忌　追善俳諧

巻	一巻

竹意等編

（巻首ニ寛文十一歳仲春廿一日トアリ）

綿屋（写一巻）

寛文十二年（1672）壬子

書名	形態	冊数	編著・序跋	刊記・書肆	備考・所蔵
備後表	横	一冊	小田無文編 自序、自跋	寛文十二壬子歳孟夏吉辰 京都 海池重勝	千句（点者七名） 綿屋
俳諧塵塚	横	二冊	重徳編カ	寛文十二年刊	古典俳文学大系 貞門（一） 綿屋（上）、洒竹
誹諧古鏡	横	二冊	野田本春編 自序（素秋既望）	寺田重徳	梅盛・順也・信徳・道繁 独吟 梅盛・信徳 両吟 綿屋（上）
牛刀毎公編	横	二冊	忍山山人著 （寛文十一年）自序、季吟序	寛文十二年 長尾平兵衛	漢和俳諧 綿屋
新板 誹諧濱荻	中	一冊	林定親編 自序	寛文十二壬子暦七月上旬 近江屋次郎右衛門	寛文十年参照。「よるのにしき」七百韻（独吟脇句ノミ立圃） 綿屋
よるのにしき 濱荻	中		林定親編 自序（寛文十二年）		綿屋（闕一冊・中写）
貝おほひ	横	一冊	宗房編・判 自序、横月跋	中野半兵衛	綿屋
季吟十會集	横	一冊	季吟作	長尾平兵衛	綿屋

⇒寛文十

書名	判型・冊数	編者・序跋	刊記	備考・所蔵
誹諧法農華(のりのはな)	中 三冊	可常編 自序（三月五日）	寛文壬子暦三月五日奥 水田甚左衛門尉	句引アリ 綿屋
洗濯物 追加 晴小袖	横 四冊	一雪編 西武序、自跋	寛文十二刊	洒竹、綿屋（春・冬）
諸国独吟集	横 二冊	元隣編元恕校 季吟序、元恕跋	寺田重徳板行	綿屋（春冬）、国会、雲英（下）
誹諧 大海集	横 七冊	宗臣編 自序、正由跋		桑折家プリント新刻(巻二、四、五、六)、愛媛大学古典叢刊 綿屋（一、二、六）、柿衛（欠）
時勢粧	横 七冊	維舟編（今様姿） 自序、自跋		古典俳文学大系 貞門（二） 綿屋（写）（抄）
山下水	中 五冊	梅盛編		綿屋（春下、夏）
續詞友俳諧集	中 五冊	種寛編	寛文十二壬子年仲秋下旬 京都 庄兵衛	冊数ハ渡春公ニヨル、付句アリシカ 綿屋（冬）
續大和順礼	中 五冊	正辰編	寛文十二壬子年六月吉日 荒川宗長	綿屋

書名	体裁	編著者・序跋	刊記	所蔵・備考
續境海草	横 五冊	顕成編 玄周跋、自跋	寛文十二壬子初秋吉旦（跋） 千種市兵衛	古典俳文学大系 談林（一）、寛文十年ノ項参照 洒竹（春欠）
手繰舟	横 七冊	顕成編 自序、玖也序		阪大（土橋）三、四、五、六（↓ 永野収写）洒竹2290
連誹文字鏁	半 一冊			綿屋
奥州名門百番発句合	一冊	風虎催、玖也判	寛文十二年八月中旬奥	東教大国語（東教大）
千句	一冊			阿誰軒ニヨル。点者七名を挙げ胤及を著者の如く記したれど顔ぶれ「備後表」に同じ。但し同書とは別に記されたり。
女夫草（めおとぐさ）	横	艾葉軒立儀編		早大（上・中ノミ合一冊）
誹諧發句名所集	横 四冊	頼広編	寛文十二歳正月吉辰日奥	綿屋（冬）
俳諧無言抄		梅翁著 自序		（延宝二年刊アリ） 潁原Hd9（写）

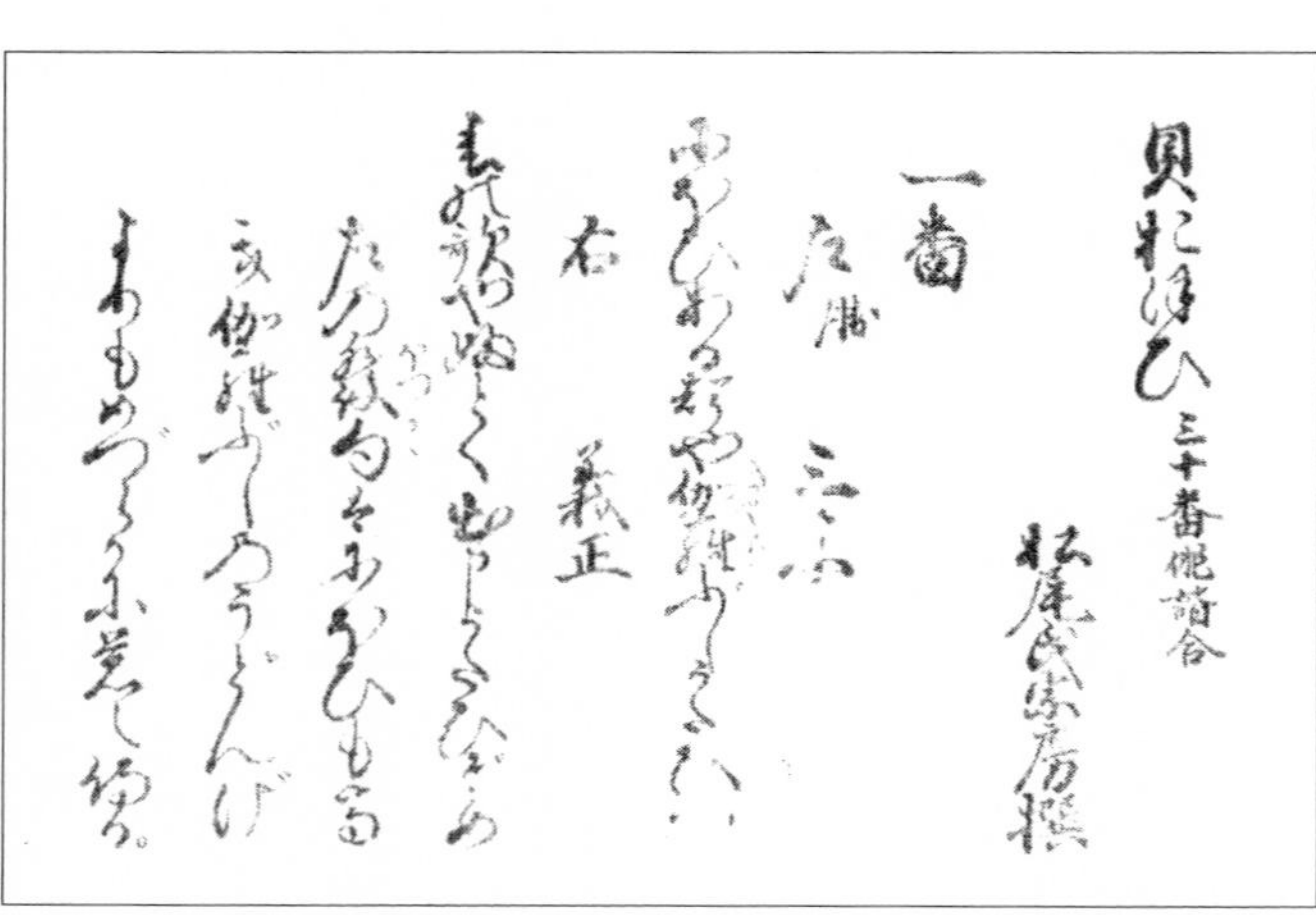
貝おほひ　三十番俳諧合
松尾氏宗房撰
一番
左勝
右　義正

「貝おほひ」巻頭・天理図書館善本叢書39談林俳諧集より転載

大海集巻之二
春下題
花　桜　梨
海棠　杏子　辛夷
木蓮花　千本念佛　桃
三月三日 付桃酒 蓬餅　鳥合
塩干　石山祭　佛燈
桜鯛 付桜貝　永日　徘徊花
嵯峨大念佛　佛身拭　佛影供
茶摘　菫　小米花

「大海集」愛媛大学古典叢刊17より転載

音頭集	備後表
四冊	一冊
三保作	無文編 自序、自跋
寛文十二仲冬十一日	寛文十二壬子歳夏吉辰 京都海池重勝
渡奉公ニヨル	綿屋

寛文以前・寛文年間

書名	体裁	著者	版元	備考
コキリコ千句	一冊	立圃		誹諧作者名寄ニアリ 作者十五名
帰花千句	一冊	立圃		同右　作者九名 寛文十年書籍目録ニアリ
鵜鷺誹諧（ウサギハイカイ）	二冊	立圃等著		同右　作者七名 綿屋（正保三年　鵄鷺（ママ）トアリ）
詞之友達		飛田加近作		誹諧作者名寄ニ書名アリ 元禄書籍目録ニ「詞之友」トアリ
誹諧作者名寄	横　一冊		京都　本屋七兵衛	俳書大系系譜 綿屋
俳諧　續独吟集	横　二冊	寺田重徳		綿屋
寛文前後　古誹諧	半　三冊			綿屋
俳諧集書留	横　一冊			綿屋

書名	形態	著編者	刊年	所蔵
七十二物語	一冊	梅盛		渡奉公ニヨル
書初集	中 一冊？	白話等著		綿屋（写 一冊）
町田氏未覚発句点取覚書	中 一冊	町田未覚著		綿屋（写 一冊）
漢和俳諧	横	北村季吟編		綿屋、穎原（写）Hc85
伊勢俳諧長帳	横	勢州正友編 自序	（寛文以前刊）	穎原（写）
うちての小槌		似空軒安静著	（寛文頃刊）	穎原Hd31（原稿紙写）

寛文十三・延寳元年（1673）癸丑

書名	型・冊数	編著者・序跋	刊記	所蔵・翻刻
生玉万句	横 一冊	井原鶴永編 自序	寛文十三癸丑林鐘廿八日奥 大坂板本安兵衛	定本西鶴全集、古典俳文学大系談林一 綿屋、潁原Hg（写）
哥仙 大坂俳諧師	大 一冊	鶴永編 自序（延寳元年）		定本西鶴全集 綿屋
大坂 誹歌仙	大 一冊	鶴永編 自序（延寳元年）		東京米山堂稀書複製会 綿屋
俳諧公界集	横 一冊	櫻井軒重山編 自序（寛文十三年）竹斎門葉跋（寛文十三）	江戸 中堀市兵衛	綿屋
西山 宗因千句	横 二冊	西山宗因著	（「西翁十百韻」）	俳諧文庫 綿屋、潁原Hg1、Hg90（写）、Hg95（下巻）
誹諧捨舟	中 闕一冊	田中常矩編 水野水器子福富跋（寛文十三年）	京都 庄兵衛	現存冬部ノミ 綿屋（冬）、潁原Hg29（冬）写
俳諧 たひころも	中 一冊	安住軒渡部友意編 小出芳川序（延宝元年）		綿屋（春）
鶯笛	横 一冊	随流編		渡奉公ニ「寛文十五年丑二月廿五日」トアリ十三年ノマチガイカ？ 綿屋（春ノミ）

（哥仙大坂俳諧師・大坂誹歌仙：同一内容）

書名	形態	編著者等	刊記	備考
誹諧埋木	半 一冊	季吟著 自奥（明暦二年）	延寶元 癸丑 年仲冬吉日 京都 井筒屋宇兵衛外一軒	古典文庫151 綿屋
誘心集	一冊	朝江種寛編		渡奉公ニハ「二冊寛文十三年七月」トアリ 洒竹文庫蔵
武蔵野	横 八冊	江戸 館氏意行子編 自跋（十二年五月）	寛文十三年四月中旬 江戸 嶋惣兵衛彫刻	名所付合辞書 竹冷文庫蔵18四三八
松花集	四冊			渡奉公ニヨル「蝶々子一見作、同（寛文十三）年八月」トアリ
蚊柱百韻	巻 一巻	西山宗因著	自筆	（刊行ハ延宝二年） 綿屋（写一巻）
寛文十三年歳旦	軸 一巻	貞室等著 季吟自筆		綿屋（写軸一巻）
俳諧歌仙画図	大 一冊	鶴水編 雲愛子序（寛文十三年）		
西翁十百韵	横	西山宗因作	延宝元年刊	潁原Hg1、Hg90

書名	形態		著者等	刊記	所蔵等
ふみはたから	小	二冊		延宝元年丑十月吉日（奥）	洒竹
法ノ花		三冊	沙門松苔軒作	寛文十三年丑三月	渡奉公ニヨル
清水千句	横	一冊	清勝等著、山本清知編 編者序	寛文十三歳八月吉日 京都 山本八兵衛刊	（内題「清水奉納千句十百韻」） 綿屋、補遺35
玉霰百韻	巻	一巻	宗因・信之共著	（巻頭ニ「延宝元年十一月於播州明石浦　宗因」トアリ）	綿屋補遺33

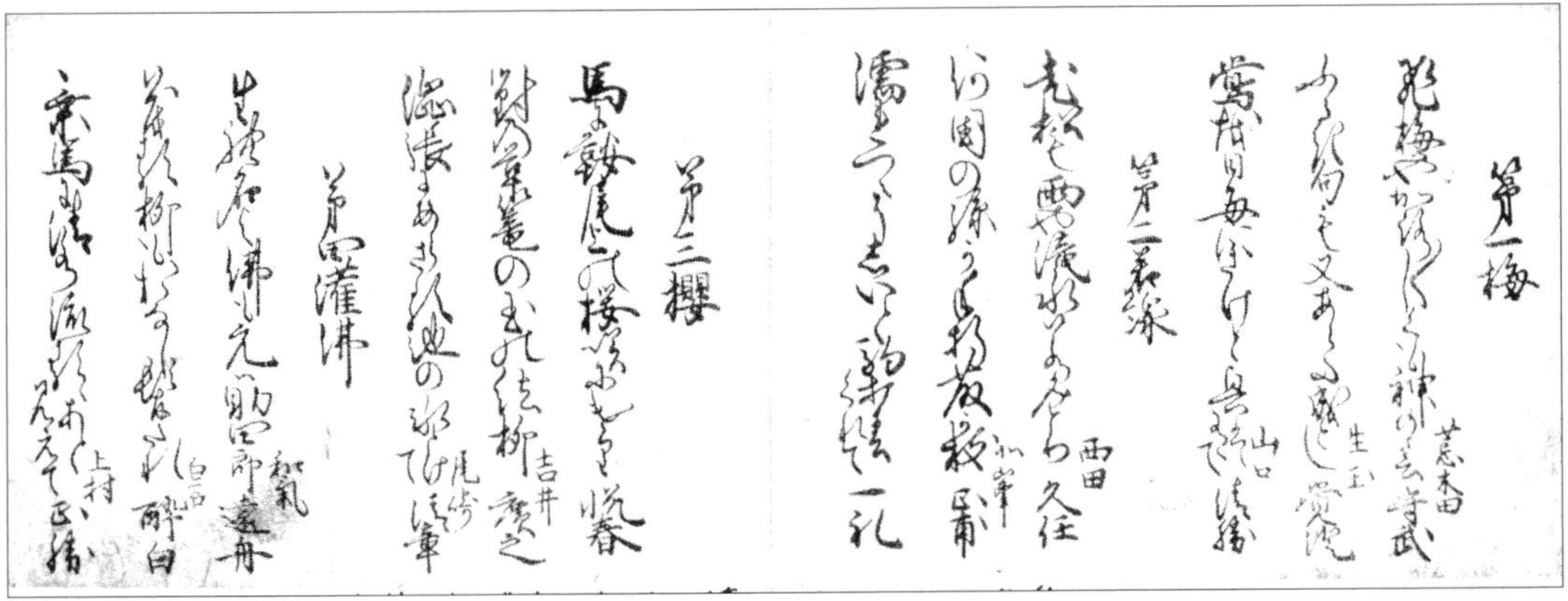

「生玉万句」天理図書館　善本叢書和書之部　第三十九巻　談林俳諧集より

延寶二年（1674）甲寅

書名	型	冊数	著者・序跋	刊記	所蔵・備考
藤枝集	横	二冊	松江維舟著 自奥（延寶二年）	延寶貳甲寅年五月廿八日奥	阿誰軒目録ニ「大井川藤枝四冊」トアリ 綿屋、潁原Hc90（写）
後撰犬筑波集抄	半	（四冊）?	蘭秀編 自序（延寶二年）		綿屋（闕一冊）、潁原Hg32（写）、竹冷文庫27（四冊）
誹諧之事	横	一冊	季吟著 自序	延寶二年如月中六	綿屋
伊勢躍音頭集	中	四冊	我等菴素閑編 三保序（寛文十三年）	延寶二甲寅年十一月吉辰 奥村善兵衛	綿屋、潁原Hc88（写）
高野山詣記	巻	一巻	西山宗因著		自筆 綿屋（写）、潁原Hl4（写）
俳諧無言抄	中	七冊	信浄寺梅翁著 自序（寛文十二年）	延寶二甲寅年三月吉日 京都書林堂	（寛文十二刊アリ） 綿屋（闕六冊）、潁原Hd9（写）
西山宗因 蚊柱百韻巻	横	一冊	西山宗因著		綿屋（写）
西山宗因釋教俳諧	横	一冊	西翁西山宗因著 自序		綿屋、潁原Hg84（写）、Hg94（安永七年模刻）

書名	型・冊数	編著者・序跋	刊記・奥書	所蔵・備考
如意寶珠	中	似空軒荻野安静編		巻八「打出の小槌」
	七冊	柳葉軒似船序（延宝三年）	延寶二年 京都長尾平兵衛刊	綿屋、潁原Hc89（写七冊）
小川千句集	横	庄田貞竹著	延寶二年寅十一月日奥	
	一冊	自序（延寶二年）		綿屋、潁原Hg30（写）
大井川集	横	松江維舟編	延寶貳甲寅年五月廿八日奥	「大井川藤枝集」トシテ同時合本刊
	三冊？	自序、自奥（延寶二年）	奥書 上田宜水子	綿屋
歳旦發句集	横	表紙屋庄兵衛編		古典俳文学大系 貞門（二）
	一冊	自跋	京都 表紙屋庄兵衛刊	綿屋、潁原Hg97（写）
しぶ團	横	去法師著		
	一冊	自序（延寶二年）		綿屋、潁原Hh9（写）、京大国文Hh3（刊）
短綆集	中	重榮編		
	一冊			綿屋（闕一冊）、潁原Hg31（写）
遠山鳥	横	宗旦編		
	二冊？			綿屋（下ノミ）
由平獨百韻	横	由平著		大坂独吟集所収の百韻と同じ作
	一冊	宗因点		綿屋（横影写）

書名	冊数	著編者	成立・刊写	所蔵・備考
海士釣舟	三冊	谷遊軒著		渡奉公ニヨル「同（延宝二）年十一月三日」トアリ
思出千句	横 一冊	立志著 自序、平野氏狂言庵一云跋	三月中旬成 江戸 蓬莱屋庄左衛門板	綿屋
東山名所記	一冊	汲浅編		渡奉公ニヨル「汲浅集ル同（延宝二）年三月中旬」トアリ
批判四笑	一冊			渡奉公ニヨル「同（延宝二）年六月上旬」トアリ
伊勢神樂	半	宗因著	宗因自筆ノ写	綿屋 Hg 83（写）
櫻川	（写本） 九冊	風虎編	延宝二写（松山玖也）	大東急 3130

延寶三年（1675）乙卯

書名	体裁	冊数	編著者・序跋	刊記	備考
千宜理木	半	三冊	宗信編 自序	延寶三暦九月中旬奥	（潁原本題簽「智義理記」） 綿屋（半影写）、潁原Hg7（写）
誹諧独吟一日千句	横	一冊	松風軒西鶴著 自序（延寶三年）	大坂板本安兵衛	定本西鶴全集 綿屋
誹諧繪合	横		菅野谷高政編 自序	延寶三乙卯年夷則吉旦 林和泉開板	綿屋（闕一冊）、潁原Hg6（写）、Hg33（地巻写）
江戸俳諧談林十百韻	中	二冊	田代松意編 序跋（延寶三年）		俳書大系 古典俳文学大系 談林（一） 綿屋
はなひ大全	横	一冊	小河景三著	延寶三乙卯年三月吉日 井筒屋六兵衛	綿屋
はなひ大全綱目	横	一冊	小河景三著 自序（寛文八年）、宮川正由跋	延寶三乙卯年三月吉日 井筒屋六兵衛	京大国文Hd11（一冊刊本） 題簽「新板 はなひ綱目」（内題も同じ）
花千句	横	二冊	季吟等著 北村湖春序（延寶三年）	延寶乙卯冬十一月	元、春夏秋冬横本四冊 綿屋
花千句抄	横	一冊	季吟等著 北村湖春序（延寶三年）		

糸屑 連歌躰 俳諧躰	横	四冊	重安編	延寶乙卯冬十一月	綿屋（闕合一冊）
宮城野	大	三冊	釣竿子編 自序（延寶三年）		稀書複製会 第六期 綿屋（三冊）（上、闕一冊）
俳諧蒙求 守武 西翁 流	半	一冊	一時軒岡西惟中著 西岸寺任口跋	延寶三年乙卯孟夏吉日 深江屋太郎兵衛	俳書叢刊 綿屋（上闕一冊）（合一冊）、潁原Hg10（上ノミ写）
大坂獨吟十百句 西山宗因点取	横	二冊	西山宗因判	延寶三年乙卯初夏仲日 村上平榮寺	俳書大系、古典俳文学大系（談林一） 綿屋（二冊）（闕一冊）、潁原Hg34（写）
新續獨吟集	横	二冊	寺田重徳編	延寶三乙卯年仲秋日 寺田重徳	綿屋（二冊）（闕一冊）、潁原Hg5（写）
貞徳秘書 前車集	横	七冊	貞徳著	阿誰軒目録ニ貞徳前車集七冊 同（延宝）二年十一月、延寶三年書籍目録ニ前車集一トアリ	潁原Hd35（写）、Hd15（写）、綿屋（十一之二闕一冊）
信徳十百韻	横	一冊		延宝三乙卯年中冬下浣 寺町二条上町与平治板行	古典俳文学大系 談林（一）、俳書叢刊（二） 山崎文庫（収写）
宗因 一座俳諧百韻		五巻			早大図書館旧蔵「梅翁俳諧集」（写本） 古典俳文学大系月報7・10翻字

誹諧明鏡		一冊	立圃著	渡奉公ニヨル「同（延宝）三年六月中旬」トアリ、連歌論書ナルベシ	
沙金袋後集		五冊	西武編		渡奉公ニヨル「同（延宝三）年ノ秋」トアリ
篠山千句			松平曲肱、井上好貞、杢崎如折　全（ママ）		渡奉公ニヨル「延宝三年正月中旬」トアリ
犬桜集		五冊	宗因作		渡奉公ニヨル「同（延宝）三年十月」トアリ
西山梅翁蚊柱百韻　しぶ団返答	半	一冊	惟中著 一瓢子序（延宝三年）	延宝三序、同五刊	↓延宝五ノ項参照 綿屋（写、欠一冊）
西翁道之記	横		西山宗因著 併独吟（寛文四年）、三吟（延宝三年）		潁原Hl3、Hl5（写）
鎌倉三百韻		一冊	宗因編	延宝三	別名「鎌倉三吟」 洒竹
五十番句合			糠塚の翁露沾公判	古写本、延宝三	乾氏著「古俳書目録索引」ニアリ？

延寳四年（1676）丙辰

書名	体裁	編著者・序跋	刊記	所蔵・翻刻
談林三百韻	横 一冊	田代松意編	延寳四丙辰暦夏上旬 江戸 上村利右衛門刊（京都井筒屋庄兵衛刊モアリ）	未刊本叢書談林俳諧篇 綿屋、潁原Hg39（写）
懐子	横 八冊？	松江重頼編 自跋（萬治三年）	延寳四年辰二月吉旦 京都 紀伊國屋半兵衛	藝林舎古典資料研究会 綿屋（一～六闕八冊）
誹諧師手鑑	大 一冊	松寿軒井原西鶴編 自跋（延寳四年）		定本西鶴全集 綿屋
伊勢神樂	横 一冊	西山宗因著		潁原83（写）延宝二年→「宗因五百韻」「誹諧絵合」所収 綿屋（横写真一冊）
季吟廿會集	横 二冊	季吟等著	延寳四丙辰暦三月吉祥日 京都 中村七兵衛	綿屋、潁原Hg9（上ノミ写）
草枕	半 二十巻？	松門亭片岡旨恕編 自序		綿屋（半写、闕一冊）上、潁原Hg8（写）
枉木葛	中 二冊	隼士常辰編 自序（延寳四年）自跋（延寳元年）		綿屋
武蔵野	横	松江維舟編	延寳四年三月中旬奥	鬼貫全集（現存下巻ノミ） 綿屋（闕一冊下）、潁原Hg10（秋冬、付句写）

⇒萬治三

書名	型	冊数	編著者・序跋	刊年・書肆	所蔵・翻刻
岳西惟中吟 西山梅翁判 十百韻	横		一時軒岡西惟中著 西山梅翁判		綿屋（闕一冊）、洒竹文庫旧蔵（焼失）完一冊
宗因五百句	横	一冊	西翁宗因著		綿屋
天滿千句	横	一冊	西山梅翁等著	京都 井筒屋庄兵衛	古典俳文学大系 談林（一） 未刊本叢書談林俳諧篇 綿屋、潁原Hg40（写）
到來集	中	四冊	坂部胡兮編 冨田義適序、自序	延寶四年 京都 本屋長兵衛	綿屋、潁原Hg35（写）
誹諧當世男 發句	中		花樂軒蝶々子編 自序（延寶四年）		俳書大系 古典俳文学大系 談林（一） 綿屋（闕一冊）、潁原Hg36（写）
追加雨霽	横	一冊	椋梨一雪編	延寶四年三月吉日 京都 松屋徳兵衛	渡奉公ニ「増補御傘雨挙」トアリ、同一書カ。「延宝四年三月」トス 綿屋
誹諧 渡奉公	横	二冊	竹馬子大鹿汲淺著 自序	延寶四稔 丙辰 季春廿五日奥	俳書叢刊（一） 綿屋、潁原Hg38（写）
續連珠 五七 用意風躰	横		季吟編 用意風躰—延寶元年冬至日自奥	延寶四年霜月十八日 谷岡七左衛門	綿屋（闕三冊）、潁原Hg37（五・七写）

書名	形態	冊数	編著者	刊記	備考
言羽織		六冊	一雪作		阿誰軒目録「延宝四年二月出来」トアリ 酒竹1026（伝本不明）
連誹合掌		二冊	岩倉瑞信作		渡奉公 開板ナキ分ニアリ「延宝四年三月」トアリ 阿誰軒ニモアリ（開板有無不記）
大上戸		一冊	似船著		阿誰軒ニ「独吟二百韻、延宝丙辰三月日」トアリ
夜の錦		一冊			阿誰軒ニ「同（延宝四）年八月日」トアリ、作者名ナシ
半入独吟集		一冊			酒竹文庫蔵2722（上一冊）
菊酒 付句	横	一冊	〔一烟〕編		綿屋
俳諧昼網	横	二冊？	藤原貞因等著		綿屋（写欠一冊）（写真合一冊）
誹諧大坂歳旦 発句三物	横菊	一冊	松寿軒西鶴等編	延宝四年本屋安兵衛刊	綿屋（写真一冊）

石山寺入相鐘	大 一冊	富尾似船著 自跋	延宝四年三月日（跋） 京都　武村新兵衛	酒竹136
温故日録	大 四冊	杉村友春編 西村(ママ)宗因跋、真珠庵跋	延宝四年林鐘十八日（奥）	竹冷587（小本付句欠一冊モアリ24）
はなひ草大全	小横 一冊	蹕帋軒著 自序、自跋	延宝四丙辰年玄月吉旦（奥） 山本九左衛門	酒竹2716、2721、436
俳諧類船集	小横 八冊	佗心子梅盛著 自序	延宝四丙辰臘月上旬（奥） 京都寺田与平治	（延宝五年ノ刊アリ） 竹冷439（綿屋ニ延宝五板アリ）

⇒延宝三

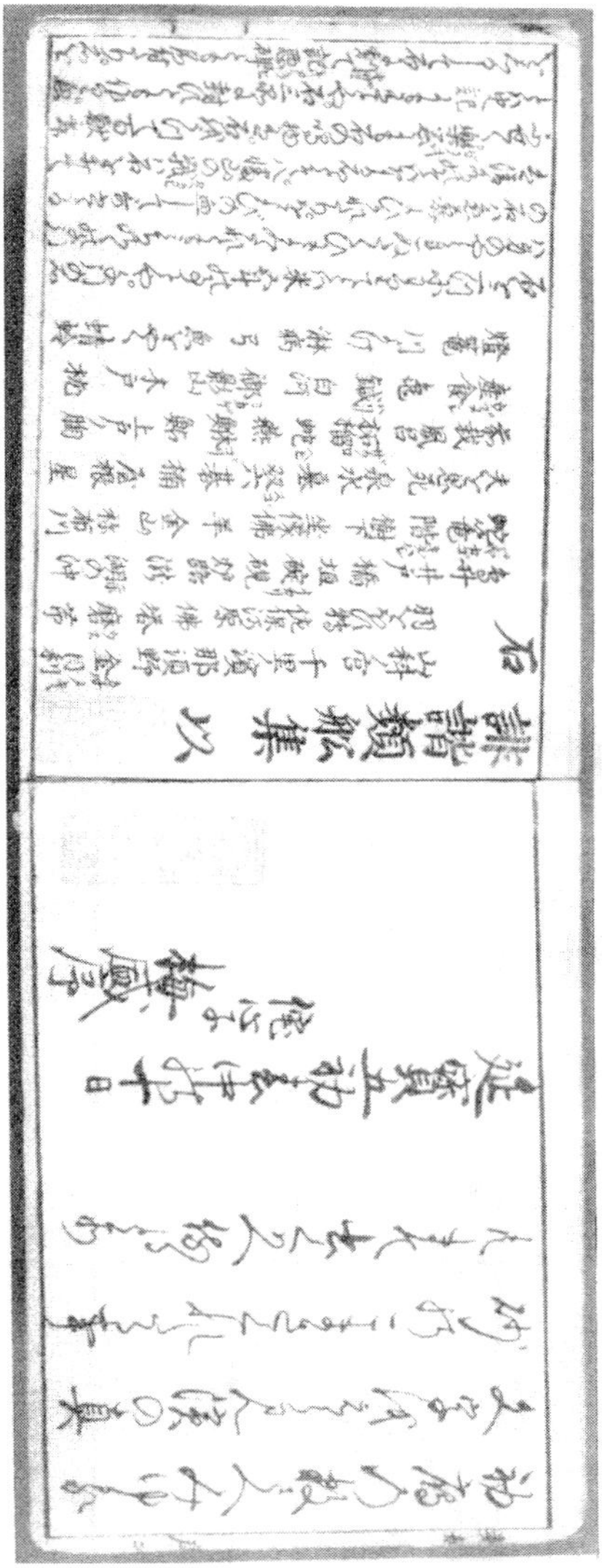

「類船集」早稲田大学図書館所蔵本

延寶四年以前　渡奉公記載分（番号ハ渡奉公漢数字ノ番号）

番号	書名	冊数	作者・点者	備考	備考
166	(花)芭鳥千句	一冊	点者立甫	「書きしるす句ハ花鳥の色香かな」阿誰軒	備後衆誹諧
174	歌仙発句	二冊	季吟作 正章判		
177	七拾二物語	一冊	梅盛作		cf阿誰軒ハ「七十二物諍　季吟作」トス
178	ソラウソ	五冊		肥後十四郡名門名物之発句ト云	
179	伊勢長帳	四冊	正友作		
180	シノフクサ	一冊	遠洲清長作		
181	神法楽集	二冊	正友作		
183	六方誹諧	一冊	江戸可徳作 同住定奥点		

番号	書名	冊数	作者等	備考
185	万句	十冊	立圃作	慶安五年ノ「俳諧萬句」カ 潁原Hc34（巻一写）→慶安五年
186	コキリコ千句	一冊	立圃、友貞、和年、昌房、常辰、来安、定親、作非他	「誹諧作者名寄」ニアリ 京大（文）、洒竹（写）
187	アダハナ千句	一冊	同（立甫）作	
188	帰花千句	一冊	同（立甫）作 立圃、常辰、昌房、来安、友貞、定清、和年、好与、執筆	「誹諧作者名寄」ニ「返リ花」トアリ
189	片輪車	二冊	同（立甫）作	
190	碁打花見	一冊	同（立甫）作	
191	ウサキハイカイ	二冊	同（立甫）作 立圃、嶺利、棄言、満直、信也、宗利、好女	「誹諧作者名寄」ニ「鵜鷺誹諧」トアリ
192	ツヽラ折	一冊	同（立甫）作	

193	江戸紫	一冊	同（立甫）作		
194	美濃上郡（ママ）	一冊	同（立甫）作	阿誰軒ニハ「美濃郡上点取千句一冊 親信巻頭 同（立甫）作」トアリ	洒竹3686（写真収写）
195	休息歌仙	一冊	同（立甫）作		
196	烏帽子箱	四冊	喜田村立以作		寛文元版ト同書カ
197	アタチ千句	一冊	尾州重次作		重次（貞恕）
206	朋友集	三冊	蝶々子作		
207	也足炸両吟	一冊	尾陽友次作	阿誰軒ニハ「也足叟漢和両吟」トアリ	
208	花車	一冊	種寛作 定清批判		230ニモ同名書

番号	書名	冊数	作者	備考
212	闇夜船千句	一冊	法橋玄隆作	
214	唐辛子百韵	一冊	宗冋（ママ）作	阿誰軒ニ「宗因作」トアリ
215	四名集	六冊	土佐皆虚作	
217	誹諧大概	一冊	種寛作	
219	信親千句		江戸住人	阿誰軒ニ「渡部勘左衛門」トアリ
220	樗木集		江戸高井立志	
223	長カモシ		喜多村立以作	
226	たつき集		西村長愛子作	

番号	書名	冊数	備考
228	詞之友達		飛田加近作　「誹諧作者名寄」ニ書名アリ
230	花車	一冊	208ニモ同名書（同一書カドウカハ不明）
231	張貫集	二冊	
232	誹諧師名寄	一冊	
233	春清千句	一冊	
235	長刀	一冊	
236	イコシキ	二冊	阿誰軒ニ「発句帳なり」「蝶々子作」トアリ　（巳己巳己千句」ト同）
237	立聴	二冊	

238 新犬筑波	240 水玉集	243 道中誹諧	244 正信千句	245 栄花千句			

渡奉公ニオイテ「開板ナキ分」トアルモノ（年次記載ノアルモノハ各年ノ項ニ記入）

書名			作者・撰者		備考	所蔵
何沾草			西武作　一代ノ引付			
独歩集			良保			
三物記			季吟			
百千鳥			随流			
播磨杉原			可申		（上田可申　下京衆幡磨杉原選者　維舟門人　秈翁安山子）寛文比…名誉人	
常盤草						
ゲスノ知慧						穎原Hg80（写）
誹諧讀仕様			玄恕			

隠箕蔵笠	似船	（延宝五「俳諧かくれみの」ト同書カ？）
小午巻	忠直	
柾木		

延寶四年以前　その他

壬生忠岑		立圃作（阿誰軒ニヨル、次項ト共ニ229 239の間ニ配列ス）
卅六禽句合	一冊	立圃作（阿誰軒ニヨル）

延寶五年（1677）丁巳

書名	型	冊数	編著者・序	刊記	所蔵
蛇之助五百韻	中	一冊	田中常矩著	（常矩独吟百韻四巻、重似独吟百韻一巻ノ計五百韻） 京都井筒屋庄兵衛	古典俳文学大系 談林（一） 綿屋、潁原Hg12（写）
儒誹諧百韻	横	一冊	芳雪軒徳山幽竹著 自序	延宝五 丁巳 歳秋八月庚申日 堤六左衛門	綿屋、潁原Hg42（写）
肩入奉公	横	二冊	三榮編 自序（延宝五年）		綿屋
木津乗合船	中		中一風編		綿屋（闕一冊・上）
後集繪合千百韻	横	一冊	菅野谷高政編	延宝五巳歳文月吉旦 京都如輪刊	綿屋、潁原Hg13（写）
みやすゝめ	半		兼頼編		綿屋（闕一冊・下）、潁原Hg65 （闕一冊・下）
大長刀	横	二冊	水雲子編 自序（延宝五年）	延寶五 丁巳 年八月吉辰 京都寺田与平治	洒竹2566（俳諧長刀） 潁原HR11（写）、HR12（下・写）、綿屋
誹諧 類船集	横	八冊	佗心子梅盛著 自序（延宝五年）	延寶四 丙辰 臘月上旬 京都寺田与平治	影印本近世叢刊 綿屋（竹冷ニ延宝四板アリ）

⇒天和元

書名	型	冊数	編著者・序跋	刊記	所蔵
俳諧三部抄	横	四冊	一時軒惟中編 屡空菴序	延寳五丁巳霜月吉祥日 深江屋太郎兵衛	未刊本叢書談林俳諧篇 潁原Hg43（写）、44（写）、綿屋
釋教誹諧百韻 自悦	横	一冊	自悦著	延寳五丁巳歳青陽仲浣日奥	綿屋
宗因七百韻	横	一冊	梅翁宗因等著		未刊本叢書談林俳諧編 古典俳文学大系 談林（一） 綿屋、潁原Hg85（写）
玉江草	中	五冊	松風軒卜琴編 季吟序（延宝五年）、自跋	延寳五丁巳年九月良辰 藤屋七郎兵衛	綿屋、潁原Hg41（写）
桃青三百韻 附両吟二百韻	横	一冊	桃青等著	江戸山内氏長七	綿屋
敝帚	中	五冊	田中常矩編	渡奉公ニ「開板ナキ分」ニアルモ刊行アリ	洒竹3863、潁原Hg45（写）、綿屋（闕一冊・秋）
屋風簾端々機	小	五冊	田中常矩編	延宝五年丁巳二月上旬（奥）	題簽「也布礼羽々貴」モアリ 洒竹3863
俳諧二百韻 蛇之助 馬下踏	中	一冊	常矩作		洒竹2629

遊女評判 歌仙はいかい					潁原Hg11（写）
六百番誹諧發句合	大	四冊	風虎編 任口、季吟、重頼判		俳諧文庫・俳諧句合集 潁原Hg55（写十冊）
俳諧かくれみの		上・発句ノミ	似船編 自序（延宝五年九月）	井筒屋庄兵衛板	国文研究35（翻刻） 早大（上巻）、下巻不明
独吟二日千句		二冊	元順著	阿誰軒目録ニヨル「同（延宝）丁巳如月下旬浣」トアリ	
両吟集		一冊	胤及・定直著 梅翁点	阿誰軒目録ニヨル「同（延宝）年巳ノ夏」トアリ	
唐人踊	中	四冊	友貞編		酒竹2484 作者三百二十九人、入句三千二百九十七
誹諧鼻紙袋		二冊			酒竹2723（延宝五年ト目録ニアリ）（内題「四季詞」） 国会（内題「名所付合」）
西鶴 俳諧大句数	横	二冊	松寿軒西鶴著 自序（延宝五年）		定本西鶴全集 松宇文庫、酒竹553（上ノミ・焼失）

書名	形態・冊数	編著者	刊記	所蔵・備考
喜得独吟集（仮題）	横 一冊	椎枕子喜得編 自序（延宝三年）関口玄悦跋（延宝四年）	延宝五年十月・艮巳・江戸 中野孫三郎刊	綿屋
俳諧三人張	中 一冊	東都水渓坊盛永我編	延宝五之冬（巻頭）	（付 こゝら草） 酒竹1390
難波千句	小横 一冊	高滝以仙編	延宝五巳霜月吉日（奥） 大坂深江屋太郎兵衛	成城文芸（五・六号） 酒竹2567
江戸水道		維舟著	延宝五年	俳諧書籍目録ニヨル
しぶ団返答	二冊	一瓢子惟中著 延宝三序、同五刊（↓延宝三年ノ項参照）		俳書叢刊四期 潁原（上巻一冊）、柿衛

延寳六年（1678）戊午

誹諧珍重集	横	一冊	獨長菴石斎編 自序（延寳六年）		未刊本叢書・談林俳諧 潁原Hg49（写）、綿屋
江戸八百韻	半	一冊	幽山著 幽山、安昌、来雪、青雲、言水、如流、一鉄、泰徳	午三月下旬奥	俳書大系 綿屋、潁原Hg51（写）
俳諧江戸廣小路 發句	半	二冊	一柳軒不卜編 自序		潁原Hg46（上・下揃写） 綿屋（闕一冊）、竹冷（下巻）
俳諧江戸十歌仙 追加自悦	横	一冊	春澄編	延寳六戊午歳霜月中浣 寺田与平次	俳書叢刊第一期8 綿屋
江戸三吟	横	一冊	信徳等著 （信徳・桃青・信章 三吟）	延寳六年京都重徳刊	俳書大系芭蕉一代集 綿屋（写）
五句附俳諧	横	一冊	大木扁虫等著 似船点	延寳六年三月八日奥	綿屋（一冊写）
一時軒独吟自註 三百韻	横	一冊	一時軒惟中著 白痴道人序（延宝六年）	大坂深江屋太郎兵衛	綿屋
維舟獨吟歌仙	巻	一巻	維舟著	自筆 延寳六年三月三日	綿屋（巻写）

書名	形態	冊数	編著者・序跋	刊記・書写	所蔵・翻刻
拾八番句合	半	一冊	坐興庵桃青評 桃青跋（延寶六年）	蓼齋加焉写	俳書大系芭蕉一代集 校本芭蕉全集第七巻 綿屋（写）
俳諧 虎溪の橋	横	一冊	松寿軒井原西鶴等著 （西鶴、江雲、松意三吟を含む）	京都井筒屋庄兵衛	定本西鶴全集 古典俳文学大系 談林（一） 綿屋（写）、早大
萬句之内 十百韻 梅翁点	半	一冊	計艤著、宗因点	延寶六年戊午極月中旬奥	綿屋（写）
計艤 十百韻 梅翁点	半	一冊	右計艤獨吟十百韻一冊 七十張（奥書）		綿屋（一冊、複製）
俳諧三ッ物揃 次第不同	横	一冊	井筒屋庄兵衛重勝編	延寶六戊午年正月吉辰 京都井筒屋庄兵衛	綿屋
誹俳 物種集 新附合	横	一冊	松寿軒井原西鶴著 自序（延寶六年）	延宝六年大坂生野屋六良兵衛	定本西鶴全集 古典俳文学大系 談林（一） 綿屋
夏座敷百韻	巻	一巻	維舟等著	延寶六戊午年卯月十五日	自筆 綿屋
大坂檀林三日千句	横	一冊	青木友雪編 自序（延宝六年）	延寶六戊午歳五月吉辰 京都寺田與平治	古典俳文学大系 談林（一） 定本西鶴全集 洒竹旧蔵（焼失）、潁原Hg14（写）、 綿屋

⇒寛文十

梅盛三ッ物アリ

書名	形態	冊数	編著者・序跋		刊記		所蔵・翻刻	
大矢數	横	一冊	月松軒紀子著	俳諧惣本寺高政点			俳書叢刊（一）	綿屋（闕一冊）、潁原Hg27（写）
俳諧 大矢數 千八百韵	大	一冊	月松軒紀子著	俳諧惣本寺高政点同序		延寳六年中村七兵衛		綿屋
櫻千句	半	一冊	青木友雪編	自序（延宝六年）		延寳六年 京都 寺田与平治	定本西鶴全集	綿屋（写）
信徳 京三吟 政定 仙菴	横	一冊	信徳等著		延寳六歳仲秋下浣	京都 重徳		綿屋（闕一冊）、潁原Hg48（写）
つくしの海	半	二冊	内田橋水編	元順序				綿屋（写一冊）、潁原Hg53（写）
薪能	横	一冊	獨長菴石齋編	自序（延宝六年）			（「珍重集」と同一書か）	綿屋（写一冊）
俳諧 當流籠抜 五吟 五百韻	半	一冊	也雪軒宗旦編		延寳六年午霜月日	京都 井筒屋庄兵衛	俳書大系、伊丹風俳諧全集	綿屋
俳諧或問 守武上 宗因	中	二冊	脩竹堂著	大村花陽軒跋（延宝六年）		江戸 鶴澤九兵衛	俳諧叢書	綿屋、洒竹（下一冊）

書名	型	冊数	著編者・序跋	刊記	所蔵・翻刻
うろこかた	横	一冊	雪柴著 自跋（延宝六年）		俳書叢刊（一）の2 綿屋（写一冊）、潁原HR13（写）
四人法師	横	一冊	梅翁宗因等著	京都 井筒屋庄兵衛	綿屋（写一冊）、潁原Hg86
増補はなひ草	小	一冊		延寶著雍敦牂暮青陽吉旦 京都野田彌兵衛	俳書大系 綿屋
有馬小鑑抄	半	一冊			綿屋
江戸八百韻	半	一冊	幽山著	午三月下旬奥	俳書大系、俳諧文庫 綿屋
大硯	横	一冊	西海著 西鶴序	寺町二条上ル町井筒屋庄兵衛板	潁原Hg50（写）
江戸通り町	中	二冊	二葉子編 紀子序		東大図書館、洒竹291（下・写）
難波風	横	二冊	貞恕編 自序（延宝六戊午八月日）		西鶴俳諧叢書第三巻 西鶴研究第三冊 潁原Hg47（下・写）

書名	大きさ	冊数	編著者・序跋	版元・備考	所蔵・参考
江戸新道	中	一冊	言水編 自序（延宝六年八月上旬）		俳諧文庫芭蕉以前・下
ねざめ　常矩六吟　よゝし	中	一冊	常矩編	寺町二条上ル丁井筒屋庄兵衛板	中村俊定「俳諧史の諸問題」翻字収載
五百番自句合	大	四冊	任口判		潁原Hg52（春夏秋冬四冊写）
筑紫琴					潁原Hg59（巻一、二写一冊） 990・12（巻二写）
小手巻		四冊	忠直作	阿誰軒ニ「四季句帳、延宝六戊午末秋日、巻頭守武句」トアリ	渡奉公「開板ナキ分」ニアリ
弘誓舟		一冊	季吟作	阿誰軒ニ「追善一巻付虫合」「大鹿氏久武草」「同（延宝）六年戊午二月十八日」トアリ	
溜池河御坐	横	一冊	維舟著 自序（正月五日）自跋（正月六日）		参考・俳諧大辞典
三鉄輪		一冊	西夕編カ 宗因序	阿誰軒ニ「西翁 西鶴 西夕 三百韻」トアリ 大坂本屋六兵衛板	西鶴の独吟百韻ノミ定本西鶴全集ニアリ

白山奉納集	二冊	伊勢住慶産神主		阿誰軒ニ「同（延宝六年）九月日」トアリ
同追加 菊酒 附句		仝		阿誰軒ニ「同とし」トアリ（冊数ナシ）
胴骨	一冊	西国 由平 西鶴三吟 三百韻		阿誰軒ニ「同（延宝六）三月日」トアリ（刊本未発見） 定本西鶴全集13
犬桜		益翁作 両吟五百韻	阿誰軒ニヨル延宝六年ノ項ノ辺ニアリ 渡奉公「犬桜集五冊宗因作 延宝三年十月」トアリ	
博多百合	一冊	西鶴作	「俳諧書籍目録、元禄書籍目録による」（国書総目録）	
五徳	横 一冊	西鶴、西鬼、次末、西随、西翁、正甫	井筒屋庄兵衛板	赤木文庫蔵 ビブリア28号翻字
相腹中	一冊	西国作	阿誰軒ニヨル「京葎宿」ト西国ノ上ニアリ「延宝六年午三月日」	
幕づくし	横 一冊	松意編（林言、雅計トノ三百韻）	延宝六戊午 新夏中旬 新大坂町 上村理右衛門板	俳諧文庫芭蕉以前俳諧集下 洒竹文庫3480

書名	体裁	冊数	著者	備考	所蔵
廿日草三百韻		一冊	宗因作	阿誰軒ニヨル延宝六年ノ最後ニアリ、或ハ七年カ「廿日草 扨四五日や春の花」トアリ	
歳旦集	巻子本	一巻	季吟筆		旧大坂女子大蔵
道連草			梅盛編？	渡奉公ニハ一冊五静作トアリ	洒竹文庫旧蔵3603（焼失）
江戸両吟	横	一冊	以春・重尚共著	延宝六年寺田与平治刊	綿屋（写真横Ｂ６一冊、小汀文庫蔵ノ写真）
談林俳諧批判	半			延宝六年刊	潁原Hh４（写上・下）
誹道恵能録		一冊	鬼貫作	阿誰軒ニ「板行本樹にあらす、懐紙又台になし、本来無一物是我、俳道の眼也と云云」トアリ延宝七年ノ項ニモアリ	
延宝六年露言歳旦帳			柳亭種彦翁俳書文庫ニ「是もミつからすきうつしおけり」トアリ		

延寶七年（1679）己未

書名	書型・冊数	編者・序	刊記	所蔵・翻刻
誹諧坂東太郎	中 二冊	誹諧一切經堂松笠軒才丸編 紫藤軒言水序（延宝七年）		古典俳文学大系 談林（二） 綿屋、潁原Hg57（上ノミ写）Hg15（写）
尾陽鳴海俳諧喚續集	横 一冊	吉親（知足）編 自序（延宝七年）		綿屋、潁原Hg62（写）
塵取 付句坤 獨吟	横 一冊	常矩編	延寶己未七九月下旬 田中太郎兵衛	綿屋（闕一冊）
談林風百韻二巻	中 一冊	松意等著		綿屋（写）
道頓堀花みち 初芝居顔見世發句附合	半 一冊	西林軒富永辰寿編 自序（延宝七年）	延寶七年大坂深江屋太郎兵衛刊	綿屋（写）
俳諧江戸蛇之鮓 發句并獨吟	大 一冊	紫藤軒言水編	延宝七未五月上旬奥	古典俳文学大系 談林（一） 俳書大系 綿屋（大一冊）（半一冊）、潁原Hg60（写）
富士石	半 四冊？	壺瓢軒調和編 壺醉軒興也序（延宝七年）		綿屋（春夏秋合一冊）（春秋闕二冊）、潁原Hg17（春夏秋写）
二葉集	横 合一冊	杉村西治編	延寶七年未九月吉日 大坂深江屋太郎兵衛	古典俳文学大系 談林（一） 未刊本叢書談林俳諧篇 綿屋、柿衛（零本）、潁原Hg61（写）

書名	判型・冊数	編著者・序跋	刊記	所蔵・翻刻
誹諧破邪顯正	半 一冊	中嶋随流著	延寶己未十二月吉日奥	俳書大系、綿屋
伊勢宮笥	半 一冊	中田心友編	延寶七年己未年初春旦奥	俳書叢刊、綿屋（竹冷ニ延宝八刊アリ）
河内名所鑑	大 六冊	淨久著、季吟序（延宝七年）、一時軒岳西惟中跋（延宝七年）	延寶七年己未七月吉日、京都西村七郎兵衛正光	綿屋
俳諧十歌仙 見花數寄	半 一冊	松葉軒中村西國編、自序（延宝七年）	延寶七年己未卯月日、大坂深江屋太郎兵衛	西鶴研究（影陰写）、綿屋
摩耶紀行	横 一冊	坂上頼長著、道柯跋（延宝七年）	識語、延宝七年二月六日 道柯居士（宮川松堅）	綿屋（自筆）
名取川	横	維舟編		綿屋（闕二冊、夏秋）穎原Hg59（写）、酒竹288
苧くそ頭巾	中 一冊	前原勝吉編、自序（延宝七年）		綿屋、穎原Hg41（玉江草合綴）
誹諧玉手箱	中	花榮軒蝶々子編	延寶七稔未ノ九月吉辰日、京都笹屋三郎左衛門良三	綿屋（闕三冊）、穎原Hg56（夏秋冬写）

十百韻 山水獨吟等 梅翁批判	横 一冊	江嶋山水著 梅翁宗因點		綿屋（闕一冊）、潁原Hg58（写）
付合小鏡	小 一冊		延寶七己未年孟夏吉旦 京都寺田与平治	綿屋、潁原Hh14
物本寺 俳諧中庸姿	半 一冊	誹諧惣本寺高政編	延寶七己未年孟夏吉旦 京都松本茂兵衛	俳書大系 綿屋（横本一冊半紙本一冊）
大坂 一日獨吟千句	横 一冊	一灯軒武村益友著 自序（延宝七年）	延寶七年霜月下旬 京都寺田与平治	綿屋
両吟一日千句	横 一冊	西鶴 友雪 友雪序・西鶴跋	延宝七年五月吉日 深江屋太郎兵衛板	定本西鶴全集
西鶴五百韻	半 一冊	西鶴編 自序	延宝七己未年三月吉日 深江屋太郎兵衛板行	俳諧文庫芭蕉以前俳諧集・下 西鶴研究第三集
飛梅千句	横 一冊	西鶴編 自序	延宝七年十月廿五日 深江屋太郎兵衛板	俳書集覧（一）
見花数寄	半 一冊	西国編 自序	延宝七年己未卯月日 深江屋太郎兵衛板	西鶴研究第二集

書名	型・冊数	編著者・序跋	備考	所蔵・翻刻
わたし船	横 一冊	旨恕編 難波津散人序（延宝七 己未 十二月朔日）		西鶴全集・近世文芸稿7 洒竹4145
俳諧百韻 風鳶禅師語路句	横 一冊	惟中著 自序（延宝七年十一月）	深江屋太郎兵衛板	古典俳文学大系 談林（一） 大東急記念文庫
假舞台 江戸八哥仙		千春 両吟 三吟 四吟	阿誰軒ニヨル（延宝七年三月）	知足誹諧名簿（わ・56・3）ニアリ
詞林金玉集	大 十九冊	宗臣編 自序（延宝七年）		宮内庁書陵部蔵
仙台大矢数	三冊	三千風著 西鶴跋		旧洒竹文庫→焼失 藤園堂（中巻）
熊坂	半 一冊	維舟著		懸葵昭和六の八（翻刻）
太郎五百韻 次郎五百韻	横 合一冊	惟中著 春翁序（延宝七年一月廿日）	阿誰軒ニ「太郎五百韻一巻 一時軒作 延寳六年」トアリ太郎五百韻ト次郎五百韻ノ合本ナルベシ	洒竹219
火吹竹	一冊	似船作	阿誰軒ニ「同（延宝）己未季秋」トアリ	

恵能録	一冊	鬼貫撰	「仏兄七久留万」では延宝八年廿歳の著トスル	延宝六年ノ項ニモアリ
ぬれがらす	半　一冊	一礼　益友著	延宝七年未仲冬吉日 書林愚常	連歌俳諧研究ニ翻字 国会図書館
室咲百韻	一冊	季吟作　江戸　小西似春興行	阿誰軒ニ「同（延宝七年）十二月十三日」「室咲に其已前とハ柴と花」トアリ	
俳諧四吟六日飛脚	一冊	西鶴編		定本西鶴全集13原本焼失
梅酒十哥仙	半　一冊	梅翁　幸方　尾蝿　如見　旨恕 如見序（延宝七己未仲冬）		中川文庫（写真収写）
百番俳諧発句合		藤堂任口編（自句） 季吟判、季吟跋（延宝七年四月十八日）		俳諧文庫・素堂鬼貫全集 酒竹3111
俳諧よごれ枕	一冊			酒竹旧蔵3966　延宝七年（筆）完一冊
忘れ貝	半　一冊	心友編カ（仮名） 正相序（延宝七年孟夏日）		参照　俳諧大辞典 酒竹文庫4113

書名	体裁	編著者等	刊記	備考
越路草	中 四冊？	ト琴編 自序	貞徳七回忌ノ前書アリ、延宝六年ノ事カ？（杉浦正一）	綿屋（春・夏影写）
夢助	半	田代松意著		穎原Hh5（写）
紙屑籠	一冊	西花撰 巻頭梅翁	延宝七	国書総目録ニ「元禄書籍目録による」トアリ
芝肴	横 一冊	似春編 （版下 寺田重徳筆）	延宝七歳九月吉日 寺田与平治刊	綿屋補遺62
今井舟	一巻			国書総目録ニ「元禄書籍目録による」トアリ
近来俳諧風体抄	小横 合一冊	岡西惟中著 讃州吾匏翁序、浪速梅林逸人跋	延宝七稔龍輯屠維協洽冬十月日 大坂深江屋太郎兵衛	延宝八板アリ 酒竹899、763

延寶八年（1680）庚申

書名	体裁	編著者・序	刊記	所蔵
田舎句合	中 一冊	其角編 桝々齋主桃青評		綿屋
俳諧是天道 惣本寺	横 一冊	惣本寺高政編 自序（延宝八年）	延宝八年京都井筒屋庄兵衛刊	綿屋（写）、頴原Hg20（写）
雲喰集	横 三冊	松葉軒中村西國著 自序（延宝八年）	延宝八年申九月上旬 大坂深江屋太郎兵衛	綿屋、頴原（写）
俳諧向之岡	半	不卜編		頴原Hg72（中ノミ写）、綿屋（三冊）（闕合一冊写）
誹諧投盃	横 一冊	柏雨軒一礼編 自序（延宝八年）	延宝八庚申年九月吉日 大坂深江屋太郎兵衛	古典俳文学大系 談林（一） 未刊本叢書 綿屋、頴原Hg21（写）
大坂八百韻	半 二冊	益翁等著	延寶八中夏中旬 大坂本屋平兵衛愚常	綿屋、頴原Hg70（上ノミ写）
洛陽集	半 合一冊	自悦編 自序（延宝八年）	洒竹文庫旧蔵4002（焼失）上下二冊、種彦旧蔵、雀志印ト目録ニアリ 光丘文庫、古典俳文学大系 談林（二） 綿屋（合一冊写）、頴原Hg63（写）	
兩吟 名所花	横 一冊	蘭秀軒帋睡等著	延寶八庚申三月日奥	綿屋、頴原Hg73（写）

書名	形態	冊数	著者等	刊記	所蔵
誹諧猿黐 破邪顕正再返答	半	二冊	松月菴中嶋一源子随流著 随有軒木端坊跋	延宝八庚申三月吉旦奥	俳書大系 綿屋（二冊）（闕一冊）、潁原Hh15（写）
誹諧さるとりもち	半	二冊	中島随流著		綿屋（一冊、下ノミ）、潁原Hh6（写）
白根草	半	一冊	神戸友琴編 黄譽序（延宝八年）	延寶八年山森六兵衛刊	加越能古俳書大観 綿屋（一冊写）
俳諧太平記	半	一冊	西漁子著	延寶八年壬八月吉辰 大坂深江屋太郎兵衛	俳書叢刊（一） 綿屋
常盤屋句合	中	一冊	杉風編・華桃園判 自序華桃園奥（延宝八年）		綿屋（写一冊・中）
桃青門弟 獨吟廿歌仙	横	二冊	杉風等著	延寶八歳次庚申初夏 江戸本屋太兵衛	俳諧叢書名家俳句集 綿屋（二冊）（写一冊）（半写一冊）
中庸姿 破邪顕正 二ツ盃	半	一冊	金勝入道著 自跋	延寶八年いたみや吉右衛門刊	俳書大系 京大国文Hh1（刊本一冊）
山の端千句	半	二冊	梅翁西山宗因等 任口序、梅翁・四友・似春三吟		竹冷文庫2三二（二期） 綿屋（闕一冊）、潁原Hg87（写）

書名	形態	冊数	編著者・序跋	刊記	所蔵
續無名抄	半	二冊？	一時軒惟中著 自序（延宝八年）	延宝八年八月吉旦 彌兵衛（大坂愚常）	頴原Hi1（板）、綿屋（合一冊） （闕二冊）
俳諧名取川	小横	一冊	松江維舟著		洒竹2568
誹諧江戸弁慶 發句	中		言水編		綿屋（闕一冊・中）
誹諧江戸弁慶 發句上	中		言水編		俳諧文庫　芭蕉以前俳諧集下 綿屋（闕一冊）、頴原Hg64（写）
大夫桜		一冊	遠舟編 自序	延宝八年卯月吉辰 深江屋太郎兵衛板	俳諧文庫（芭蕉以前俳諧集） 竹冷文庫４一〇八
阿蘭陀丸二番船	横	二冊	宗圓編 自跋（延宝八申歳中秋）		西鶴研究七
花見三吟		一冊	常矩編		阿誰軒俳書目ニヨル
花洛六百韻	半	一冊	自悦編	延宝八申霜月中旬（自悦・千之・友静・友吉・千春・保俊　六吟） 井筒屋庄兵衛開板	洒竹4222、柿衛（洒竹本写）

書名	型・冊数	編著者等	刊記等	所蔵
近来俳諧風躰抄	横 三冊	惟中編（延宝七年霜月成） 一三序、道祐跋	深江屋太郎兵衛板	洒竹（延宝七板アリ）
伊勢宮笥	中 一冊	中田心友編 一塵軒政義序	延宝八申正月日（奥）	竹冷33（綿屋ニ延宝七刊アリ）
無分別	一冊	宗旦編（七吟七百韻）	阿誰軒ニヨル「同年八初〇月、追加親仁異見」トアリ 「仏兄七久留万」ニハ鬼貫自撰ノ如シ	
大横手	一冊	松鶴軒西六作	阿誰軒ニ「同（延宝八）年」トアリ「西吟面十句ノ懐帋也」トアリ	
四衆懸隔	一冊	芳賀氏一晶作	阿誰軒ニヨル「延宝八年 庚申 三月下旬」「独吟」トアリ	
行事板	一冊	破邪顕正　邪誹生霊会七木松あつかひ事共ニ邪書也	阿誰軒ニヨル「同（八年）申二月」トアリ	洒竹文庫764（「破邪顕正返答之評判」ノ誤リカ）
鵜のまね	一冊		阿誰軒ニヨル、前後八年の作ニはさまれて出ヅ「曲作」トアリ	
松島一色両吟後集	一冊	三千風著	阿誰軒ニヨル「同（八）年中春」トアリ	

書名	形態	冊数	著者・序	刊記	所蔵
金花山一色両吟前集		一冊	三千風著	阿誰軒ニヨル「一色両吟後集」ニ次デ「同断」トアリ	
遠舟千句附		一冊	遠舟著 玉作車柳軒序	阿誰軒ニヨル「延宝八年申六月日」トアリ	酒竹旧蔵完一冊 1888 遠舟
誹諧綾巻 破邪顕正并返答両書評判	半	一冊		延寶八庚申四月上旬 寸松	俳書大系 綿屋、潁原Hh16（写）、酒竹222136
誹諧 備前海月 破邪顕正返答之評判 同返答自註之再評	半	一冊	難波津散人著 自奥（延宝八年）	大坂深江屋太郎兵衛刊	綿屋（写）、潁原Hh16（写）
談林 軒端の独活	半	二冊	田代松意編 自序（延宝八年十月）	江戸上村理右衛門板	綿屋３種（半影写・合一冊、半影写・闕一冊、写闕一冊） 潁原Hg99（写）
江戸宮笥	半	一冊	中田心友編 一塵軒政義序	延寶八申正月日奥	俳書叢刊 綿屋
江戸 大坂 通し馬	半	二冊？	松嘯軒沢井梅朝編	延寶八庚申年九月上旬 大坂深江屋太郎兵衛刊	綿屋、潁原Hg19（写下ノミ）
延寶廿歌仙	横	一冊	杉風等著	延寶八年刊	俳書集覧第二冊 俳諧叢書名家俳句集 綿屋（写）

書名	形態	冊数	編著者・序跋	刊記	所蔵
福原鬢鏡	横	一冊	村尾一風等著 自序（延宝八年）		静岡女子大（複製） 綿屋
二つ盃	半	一冊	金勝入道著 自跋	延寶八庚申二月中旬 いたみや吉衛門	俳書大系 綿屋
俳諧合 田舎	半	一冊	其角編栩々斎主桃青判 嵐亭治助序（延宝八年）、西村市郎右衛門外三軒		綿屋（半一冊三種）
俳諧頼政 破邪顕正熊坂両書返答前書	半	一冊	梅翁門弟某跋（延宝八年）		俳書大系 綿屋
時鳥十二歌仙		一冊	調和著	延宝八	国書総目録ニ「俳諧書籍目録による」トアリ
俳枕	横	三冊？	高野幽山編 素堂序（延宝八年）		俳書大系 洒竹2727（上中下他に一巻）、竹冷（三冊）、綿屋（合一冊）
俳諧破邪顕正返答	半	一冊	一時軒岳西惟中著	延寶庚申二月日 愚常	俳書大系 綿屋
誹諧破邪顕正返答之評判	半	一冊		延寶八庚申年三月日奥	綿屋、潁原Hh18（写）

書名	体裁	著者等	刊年等	所蔵等
誹諧破邪顯正 評判之返答 百韻自註	半	一時軒岡西惟中著	延寶庚申三月下旬	
	二冊？	一翁道人跋	愚常	綿屋、潁原Hh17（上・下写）
歳旦集	横菊		延宝八庚申歳	祐徳文庫蔵
	一冊		井筒屋庄兵衛重勝編	綿屋（写真、横菊一冊）
点滴集	横	岡崎秀綱編		
		松寿軒難波西鶴序（延宝八年）		綿屋（欠三冊）
俳諧熊坂	枡	松江維舟著		
	一冊			九州大学、綿屋（写真一冊）
松たけさう		千春著	延宝八	
	一巻			国書総目録ニ「俳諧書籍目録による」トアリ
松茸さう		蝶々子著		
				国書総目録ニ「元禄書籍目録による」トアリ

延寶年間（刊年不詳）

書名	型	冊数	編著者	刊記等	所蔵
談林俳諧	横	一冊			綿屋（横一冊写）、潁原Hg91（写）
談林俳諧評判	半	二冊			俳書叢刊（一）の9 綿屋、潁原Hh4（写）
功用群鑑	半	二冊	田代松意著 自序	九月日奥	綿屋、潁原Hh19（写）
誹諧名簿	横	一冊	反古庵知足著		綿屋（写一冊）
西山宗因後五百韵	横	一冊	西翁西山宗因著		綿屋、潁原Hg92（写）
堺絹	横		正村編		潁原Hg78（写） 綿屋（闕一冊写春夏）
誹諧金剛砂	中	二冊	調和編		柿衛文庫（下巻） 潁原Hg82（写、上巻）
越路草	中	四冊	ト琴編		現存夏ノミ（玉江草（延宝五）ノ続編ナリ）

ふみはたから	写 二冊	洒竹文庫蔵3214　上下二冊延宝写本雀庵書入・雀志印ト目録ニアリ		
あつかひ草		重頼編		論争書ナルベシ
入聟集		休斎喜多村立以編 自跋		洒竹、綿屋（写真一冊）
下主知恵			（延宝頃カ？）	潁原Hg80（写）
宗因三百韵	横 一冊	西山宗因著 （版下　寺田重徳筆）		綿屋補遺16

延寶九年・天和元年（1681）辛酉

書名	型・冊数	編著者・序跋	刊記	所蔵・翻刻
安樂音	横 四冊？	冨尾似船編	延寶九辛酉暦二月吉日 村上勘兵衛元信	頴原Hg77（巻四秋上ノミ写） 綿屋（上ノ下・下ノ上 闕二冊）
誹諧東日記	中 二冊	紫藤軒言水編 繁特小僧才麿序（延宝九年）	延寶九酉歳林鐘中旬奥	俳書大系、古典俳文学大系 談林（一） 綿屋、松宇「東の日記」（写）
ほの〳〵立	大 一冊	高政編 内田順也序（延宝九年）	京都仁左衛門刊	未刊本叢書 談林俳諧篇 綿屋、頴原Hg74（写）
一夜菴建立縁起	半 一冊	一時軒惟中編	延寶九辛酉茱萸會吉日 大坂本屋平兵衛愚常刊	古典文庫談林俳論集（一） 綿屋、頴原Hg89（写）
俳諧次韻	半 一冊	桃青編	延寶九歳次辛酉夷則下旬 寺田重徳	俳書大系芭蕉一代集、日本名著全集 綿屋
加賀染	半	杉野長之編 久津見一平子跋（天和元年）	金澤麩屋五郎兵衛刊	加越能古俳書大観（上・下） 綿屋（闕一冊写）、頴原Hg66（写）
誹諧哥仙	巻 一巻	野梅翁 忘吾菴 梅翁宗因著 天和元年・自筆 奥書「或人依所望染禿筆行年七十六天和元年仲冬 忘吾菴梅翁」		綿屋
宮雀	半 二冊	兼頼著 自序（天和元年）	延寶五年巳三月吉日奥	（熱田宮雀） 綿屋、頴原Hg81（写）

⇒延宝五

書名	体裁	冊数	編著者・序跋	刊記	所蔵・備考
大坂八百五十韻	半	一冊	十万堂來山等著	天和改元仲冬下浣 京都俳書堂重徳	（来山、快用、江水、和尹、如要、白水、夕扉、正祭） 綿屋、潁原Hg65（写）
大坂みつかしら両吟	半	一冊	紅葉庵賀子編 自序（延宝九年）		（西鶴、由平、遠舟との各両吟）（追加 高政との両吟） 西鶴研究ニ収写、綿屋、潁原Hg75（写）
誹諧七百五十韻（同書）	半	一冊	信徳編 春澄序	延寶九辛酉歳青陽吉旦 京都	俳書大系 談林俳諧集上 綿屋（信徳、正長、如風、政定、春澄、仙庵、常之、如泉）
誹諧七百五十韻（同書）	半	一冊	春澄編 自序	延寶九辛酉歳青陽吉旦	綿屋
俳諧點取集	横	一冊	毎延著	天和元年 自筆	綿屋（写一冊）
それ〳〵草	半	三冊	知幾軒 化身齋 幽閑大田友悦編 宗穫散人跋（延宝八年）、尚亭比川子跋（延宝九年）		綿屋、潁原Hg76（写）
山海集	半	一冊	賀子編 自序（三月）	大坂天神橋筋御蔵前 柏木屋伊右衛門（板）	志香須賀文庫蔵、綿屋
おくれ雙六	中	一冊	清風編 自序（延宝九年初秋日）		俳書大系 談林俳諧集（上）

書名	形態・冊数	編著者・序	備考	所蔵・翻刻
俳諧雑巾	半 三冊	常矩編 自序	延宝九年辛酉五月中旬開板	俳書大系 談林俳諧集（上） 竹冷113、112
詠句大概		曙舟著 昨木子序		頴原Hh20（写）
鬼農目	一冊	岡松軒西吟作 三吟		阿誰軒ニヨル「延宝九のとし卯月日」トアリ
薬喰	一冊		阿誰軒ニヨル前後延宝九年ノ作ニはさまれて出ヅ 作者名ナシ	
西瓜三ツ	一冊	鬼貫編	阿誰軒ニヨル前後延宝九年ノ作ニはさまれて出ヅ「上島氏一転岡島氏木兵三吟」トアリ	
俳諧水織（ママ）（水織ノ誤記カ）	一冊	佐竹氏直親作	阿誰軒ニヨル「西瓜」ノ項ニ次デ出ヅ「西瓜ノ返事」トアリ	
俳諧竹林	一冊	西鬼編（七吟）	阿誰軒ニヨル「同（延宝九）年」トアリ	
花見乗物	一冊	以仙（益翁）三吟	阿誰軒ニヨル「同（延宝九年）九月」トアリ 「玉姫や花見乗物八尋半」トアリ	

書名	冊数	著者等	備考	所蔵等
梅の雨百句	一冊	大坂宗匠揃	阿誰軒ニヨル「同（延宝九年）五月十九日」トアリ	
せとの曙	二冊	備前定直作	阿誰軒ニヨル「梅の雨百句」ノ項ニ次デ出ヅ	
備前六歌仙	一冊	備前定直作	阿誰軒ニヨル、「せとの曙」ノ項ノ下ニ「并ニ」トシテ出ヅ	
五ヶ国	一冊	備前定直作		阿誰軒ニヨル
俳諧蔓附贅（つるいぼ）	一冊	一晶		俳家大系図、一晶の項ニアリ 酒竹文庫目録ニ（2329、2330）二冊共ニ焼失
西鶴大矢数	五冊	西鶴著 兀々子鬼翁序		綿屋（巻・欠・一冊）
道の枝折		半時庵淡々	奥書　法橋昌坢、里村昌純 延宝九年	（「相伝一大事秘切紙」（承応二）と合一冊） 酒竹3604（連俳伝書二種のうち）

天和二年（1682）壬戌

俳諧百人一句難波色紙（A）	半 一冊	土橋春林等編 春林自序（天和二年）		綿屋
歌道戴恩記	大 二冊	長頭麿松永貞徳著 寸雲子昌易序同跋	天和二年戊正月吉旦 京都永田長兵衛	綿屋（合二冊）
眠寤集	小 一冊	宮川一翠子道達編 村田通信序（天和二年）、自序（天和二年）		綿屋（上ノミノ欠本ナリ）
武蔵曲	半	千春編 季吟序（天和二年）	（阿誰軒ニハ同（延宝九）トス） 天和二年京都寺田重徳刊	俳書大系蕉門俳諧前集 古典俳文学大系 蕉門（一） 綿屋（写一冊）
難波色紙百人一句（B）	半 一冊	土橋春林等編 春林自序（天和二年）		稀書複製会本（落丁アリ） A、B題簽の違いのみ
俳諧鬬相撲 京	横	茅屋子編 自序（天和二年）	阿誰軒目録「同年（貞享四）」トス 誤リカ?	綿屋（写、鬬一冊）
宗因独吟 しれさんしょ百韻	巻 一巻	一幽子宗因著		自筆 綿屋（一巻・写）
うちくもり砥	大 一冊	秋風編 季吟序（天和二年）、任口跋（天和二年）		俳書叢刊（二）の四 綿屋

書名	体裁	冊数	編者	序跋	刊年	板元	所蔵・備考	所蔵・備考
奴俳諧 附淀屋ヶ庵宛 宗因手簡	巻	一巻	宗因点				各自筆	綿屋（一巻・写）
誹諧 三ヶ津 哥仙絵入	大	一冊	松水軒如扶編	自序（二月）	天和二戌年卯月吉日	深江屋太郎兵衛板		
高名集	半	一冊	風黒編	自序（三月）	天和二年戌卯月吉日	深江屋太郎兵衛板	稀書複製会本	
誹諧發句 家土産（いえづと）	半	一冊	幾音編	自序（天和二年仲夏上浣）				竹冷文庫８二〇二、酒竹142
犬の尾	半	一冊	蛇鱗編	自序	天和二壬戌歳正月上旬			酒竹文庫2210
松島眺望集	大	二冊	三千風編	自跋、寓落菜軒樵子序、河島道千大益跋			仙台叢書第一巻所収 古典俳文学大系 談林（二）	酒竹文庫3481
商人歳旦	横	一冊			天和二年刊	権左衛門板	加賀文庫復刻	潁原Hg67（複製）
後様姿	半	一冊	言水編	自序（五月）		深江屋太郎兵衛板		酒竹文庫549（種彦書入本焼失）目録ニ誹諧後様姿トアリ

あやしき	一冊	一晶・秋風著	阿誰軒目録ニヨル「天和二年」「両吟」トアリ
鳶の評論	巻 一巻	芭蕉・木因著	木因自筆 綿屋（写一巻）

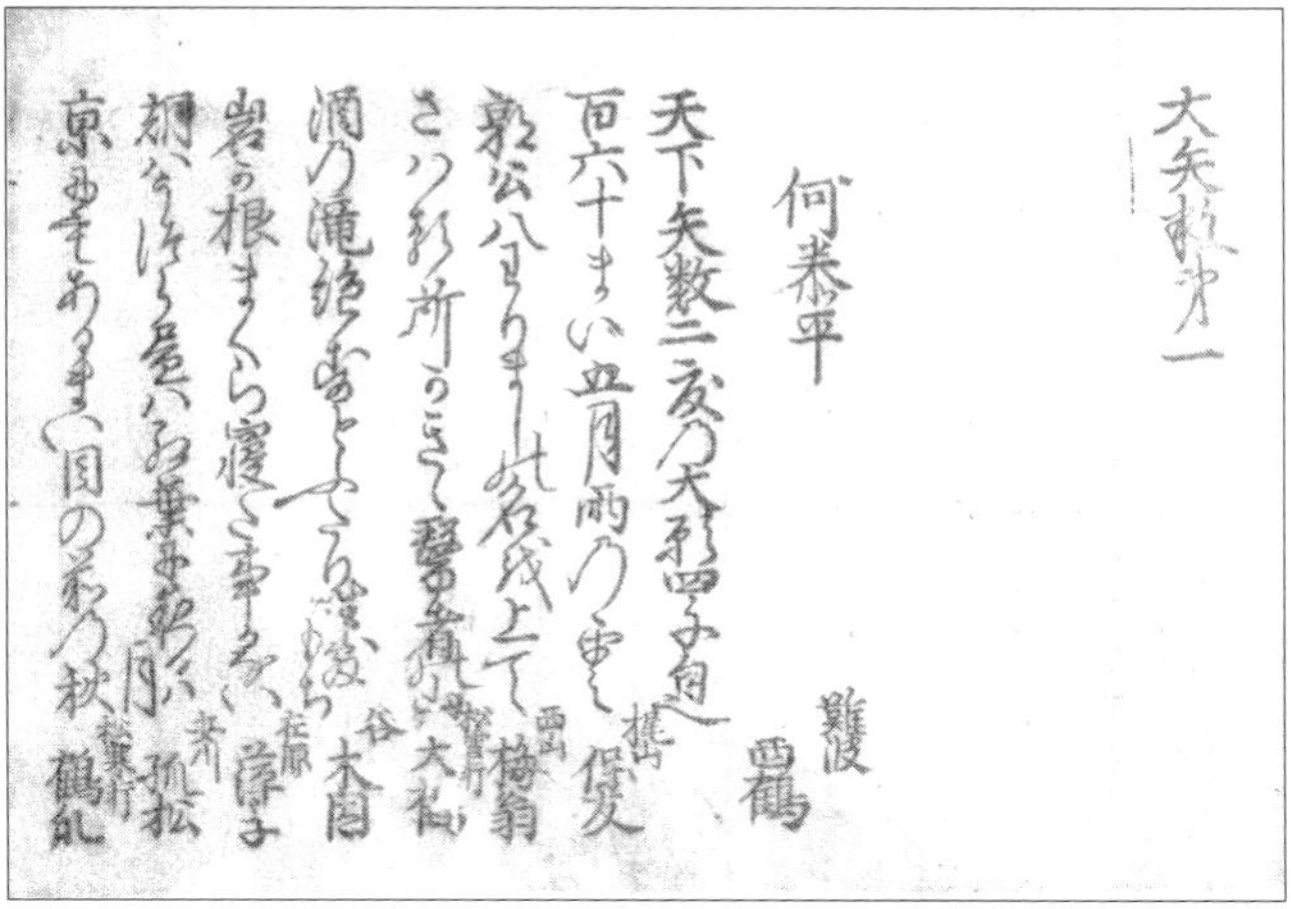
大矢数第一

天下矢数二度の大願四千句也　難波　西鶴

「西鶴大矢数」天理図書館善本叢書 和書之部 77 巻 矢数俳諧集より
（天和元年刊）

天和三年（1683）癸亥

書名	形態	著編者・序跋	刊記・書肆	所蔵・翻刻
誹諧題材一句	半 一冊	壺瓢軒調和編	天和亥三暮至中夏奥	竹冷文庫9二四四 綿屋（一冊影写）、潁原Hg24（写）
繪入豊世見久佐	半 一冊	朝鶯軒梅水編 自序		 綿屋
一時軒紀行 あまのこのすさひ	大 三冊？	一時軒惟中著		 綿屋（中・下・闕二冊）
空林風葉	半 二冊？	自悦編	天和三年九月吉日 秋田屋五郎兵衛	 綿屋（下闕一冊）、洒竹（上下二冊）
南元順三物	横 一冊	南元順編	天和三年癸亥正月吉日奥	 綿屋
みなしくり	半 二冊？	晋其角編 芭蕉、洞桃青跋（天和三年）、自跋	延寳三亥歳林鐘中旬 京都西村市郎右衛門　外一軒	古典俳文学大系　蕉門（一） 綿屋（五種）、竹冷321
誹諧むらさき	大 一冊	松翁軒野々口立圃著 自序（寛文三年）	天和三年亥正月吉日　高橋氏常信、小山盛重丈（奥書）	 綿屋
俳諧本式百韵 精進膾	半 一冊	四千翁西鶴編 自序	 大坂深江屋太郎兵衛	 綿屋（三種アリ）

書名	型・冊数	編著者	刊記	所在・備考
金澤五吟	半 一冊	友琴編	天和三癸亥暮春祥日（奥） 金沢升屋伝六板	加越能古俳書大観 竹冷
馬蹄二百句		其角編	江戸西村半兵衛板	其角全集 潁原Hk519（写）
誹諧三物揃	横 一冊	高瀬梅盛等作	天和三年癸亥正月吉日 京 井筒屋庄兵衛重勝板	潁原Hk69（写）
三人蛸	半 一冊	宗旦編 自序	天和三亥年二月中旬 井筒屋庄兵衛刊	鬼貫全集 （宗旦、鬼貫、林犬三吟百韻三巻）
女夫草	横	立志編		潁原Hg71（中巻・写）
廿日鼠	一冊	谷水（ママ）丸作	阿誰軒ニヨル「同（天和三年）夏」トアリ「此道の竹縁を渡るといふ題号也」トアリ	
四季題林	中 二冊	蛭子編 自跋		続編「四季題林後集」（貞享五年刊）アリ 酒竹文庫1420
貞徳槌	一冊	江戸會	阿誰軒ニヨル「見なしくり批言」トシテ「みなしくり」の次ニ出ス、仮ニコヽニ置クノミ。	

書名	形態	編著者・序	刊記	備考
新二百韻	半 一冊	挙白編 自序	天和三癸亥年夷則上旬（奥）	「馬蹄二百句」ノ改題本 綿屋
一時随筆	大 三冊	一時軒岡西惟中著 梅林若夫福住道祐序	天和三癸亥年初秋（奥） 大坂深江屋太郎兵衛	洒竹144

天和四年・貞享元年（1684）甲子

冬の日	半	一冊	荷兮編	貞享甲子歳 京都井筒屋庄兵衛	古典俳文学大系 蕉門（一） 綿屋（五部アリ）
誹諧五百韻三哥仙ならひよゝし	半	一冊	小嶋如雲編 自序（天和四年）	（如雲、栄声、奚疑、信徳、重徳） 阿誰軒ニハ「天和元年」トアリ、誤ナリ	綿屋（二部アリ）
一夜菴再興賛	大	一冊	季吟著	貞享元年甲子卯月十三日奥	綿屋（写）
誹諧引導集	横	一冊	西國著	貞享元年 大坂深江屋太郎兵衛刊	綿屋（写）、潁原Hk21（写）
禽獸魚虫句合	横	一冊	之延等著 清翁判	貞享元年子暮春上旬奥	綿屋（写）
古今俳諧女歌仙	半	一冊	西鶴編 自序		綿屋
古今俳諧女歌仙繪抄	折	一冊	西鶴編		綿屋（写）
蠹集	半	一冊	晋其角編 倉間蘇鐵林千春序（貞享元年）		俳人其角全集 綿屋（写）

書名	体裁	編者・序跋	刊記	所蔵
蠹集 其角京五吟追加よゝし	半 一冊	晋其角編 倉間蘇鐵序（貞享元年）	寺田與平治重徳刊	綿屋（写）（二部アリ）
新玉海集	中	嚢軒貞恕編	（貞享二年刊モアリ）	綿屋（闕二冊）、潁原Hk８（春夏写）
有馬日書	一冊	鬼貫撰	阿誰軒ニヨル「貞享元年子九月廿八日」トアリ	
かやうに候ものハ青人猿風鬼貫にて候	半 一冊	鉄卵跋、青人序（十月下旬）	井筒屋庄兵衛板	鬼貫全集 柿衛文庫蔵
俳諧花鳥集			岩花子英 貞享元年完一冊雀志印トアリ	酒竹文庫旧蔵567
俳諧花時鳥		東雄子編	貞享元年奥	祐徳文庫、綿屋（横菊、写真一冊）

貞享二年（1685）乙丑

あけ鴉	半	一冊	一有編 口乙序		俳書叢刊 綿屋（二部アリ）、頴原Hk337（写）
俳諧 ひとつ星	半		調和編 空原舎風水序（貞享二年）		綿屋（合一冊写）、頴原Hk6（写）
俳諧一星	半	二冊？	調和編 空原舎風水序（貞享二年）		綿屋（闕一冊・上写）
稲莚	半	二冊	清風編 鼾洞才麿序（貞享二年）	井筒屋庄兵衛刊	俳書叢刊（七）の4 綿屋（二部）、頴原Hh7
俳諧 白根嶽	半	一冊	一瀬調實編 自序（貞享二年）空原舎風水跋		俳書大系 談林俳諧集 綿屋（二部）
残雪	中	一冊	季吟著 自序（貞享二年）了菴熊谷立閑散人跋 附宗得短冊二板 自筆		綿屋（写、二部）
一楼賦	半	一冊	風瀑編 自序（貞享二年夏）素堂跋		「連歌と俳諧」創刊号覆刻
ゆかた山		一冊	松平曲肱著 阿誰軒ニヨル「同（貞享）二年三月日」「有馬独吟歌仙」トアリ		

磯馴松	一冊		阿誰軒ニヨル「同（貞享）乙丑冬十一月」「鞭石巻頭・維舟門人作」トアリ（国書総目録ハ貞享三トスル）	
卯月まで	一冊	備前芳室軒定直著	阿誰軒ニヨル「貞享二年卯月中旬」トアリ「葉梅の卯月を京の風情かな　如泉／樗幾日の我脚を借る　定直」トアリ	
彼岸桜		豊流	洒竹文庫旧蔵3112（焼失）貞享二年完一冊、種彦書入待賈堂雀志印ト目録ニアリ　誹家大系図ニハ「天王寺名所彼岸桜」トアリ	
新玉海集	中	貞恕編 自序	貞享二年刊（貞享元年刊モアリ）	潁原Hk8（写　春夏）
星会集	中 一冊	杉山輪雪編 四方郎朱拙序・自跋	乙丑星会後五日（序） 京都井筒屋重勝	（同書綿屋目録ニハ「四方郎朱拙序（寶永六年）自跋」トアリ） 洒竹3366（綿屋目録ハ宝永六年トスル）
三千風伝（仮名）	大折 一冊	一黙居士道栄著	貞享歳旅旃蒙赤奮若花月中澣（奥）	洒竹4196

貞享三年（1686）丙寅

春の日	半	一冊	荷兮編	自序	貞享三丙刁年仲秋下浣	春秋堂		綿屋（二種）
波留濃日	半	一冊	荷兮編	自序	貞享三丙刁年仲秋下浣	京都 西村市郎右衛門		綿屋（二種三部）
波留濃日	半	一冊	荷兮編	自序	貞享三丙刁年仲秋下浣	寺田重徳	古典俳文学大系・蕉門（一）	綿屋
丙寅紀行	半	一冊	風瀑著	自序	貞享三暦林鐘中旬	江戸西村梅風軒外一軒		綿屋（二部）
引付　貞享三年	横	一冊	井筒屋正兵衛重勝編			井筒屋庄兵衛重勝		綿屋（二部）
丙寅之歳旦		一冊	不卜				酒竹文庫蔵3349（完一冊・三枚のものト目録ニアリ）	
貞享三ッ物		一冊	梅盛					竹冷文庫蔵５二五
俳諧一橋等	半	一冊	鈴木清風編	友静序（貞享三年）	寛保元辛酉年秋九月初旬写	東門生瓜蔓写	校註俳文学大系所収「俳諧七部集拾遺」	綿屋（四種アリ）、潁原Hk333

ワタヤに計六部アリ

書名	体裁	冊数	編著者等	刊記等	所蔵・備考
誹諧 飛登津橋	半	一冊	鈴木清風編 友静序（貞享三年）	京都 井筒屋庄兵衛重勝	（連衆）如泉、湖春、言水、仙菴、信徳、素雲、清風 執筆）
蛙合	半	一冊	青蟾堂仙化子編 自跋	貞享三丙寅歳閏三月日 江戸西村梅風軒	俳書大系 蕉門前集（上） 古典俳文学大系 蕉門（一） 綿屋（二部アリ）
可般圖安和瀬	半	一冊	青蟾堂仙化子編 自跋	貞享三年江戸西村梅風軒刊	綿屋（写）
新山家	半	一冊	狂雷堂其角編 虚無齋鳥文鱗校	京都 西村市郎右衛門	俳人其角全集 綿屋（三部アリ）
庵桜	半	二冊	西吟編 自序句	貞享三丙寅のとし三月下旬 京 井筒屋庄兵衛重勝板	俳書大系 談林（下）、伊丹風俳諧全集、国会図書館他
芭蕉翁口授古式（合冊）					合一冊（中写） 洒竹2741 （連歌論）
誹諧之連歌（合冊）			其角等著 芭蕉評	貞享三丙寅歳正月（奥）	
白砂人集（合冊）			長頭丸序、長頭丸奥		

磯馴松	一冊	鞭石著	貞享三	国書総目録ニ「元禄書籍目録による」トアリ

貞享四年（1687）丁卯

書名	体裁	冊数	編著者	刊記	所蔵・翻刻
孤松	半	四冊	尚白編 自序（貞享四年）	丁卯歳春三月二十五日 貞享四年井筒屋庄兵衛重勝	俳書叢刊第六期（二冊） 綿屋（三種アリ）、潁原Hk10（写）
如行子	半	一冊	如行編		綿屋（写）、潁原Hk340（写）
京日記	半	一冊	紫藤軒言水編	貞享四年彌生中旬奥 京都井筒屋庄兵衛	綿屋（二部アリ）、潁原Hk9（写）
蓑虫記	巻	一巻	素堂著	自筆	綿屋（写）
誹諧三月物	半	一冊	信徳等著	貞享第四龍集丁卯季秋初五 京都西村嘯松子外一軒	綿屋（二種アリ）、潁原Hk11（写）
寐さめ廿日	半	一冊	西吟編	京都いつゝや庄兵衛	伊丹風俳諧全集 藤園堂蔵、綿屋（二種）、潁原Hk341（写）
野梅	半	一冊	也雲軒依梠子宗旦編 自序	貞享四年井筒屋庄兵衛刊	伊丹風俳諧全集 潁原Hk12（写）、綿屋（写）、酒竹文庫蔵2692
丁卯集	大	二冊	冥霊堂一晶編 自序		綿屋（闕一冊）（合一冊）、潁原Hk13 335（写）

書名	大きさ・冊数	編著者	刊記	備考
續虚栗	半 二冊	其角編 素堂序	貞享丁卯歳霜月仲三日 江戸萬屋清兵衛	俳書大系 蕉門前集 古典俳文学大系 蕉門（一） 綿屋（三種・四部アリ）、潁原 Hk339
茄子喰さし	一冊	鈴村信房著	阿誰軒ニヨル「同（貞享四年）六月日」トアリ（信房ハ源氏鬢鏡ノ編者ナリ）	
丁卯 歳旦		才麿		酒竹文庫目録ニヨル（原本焼失）「才麿丁卯完一冊金升印 末少し落丁アリ」ト
句餞別（稿）	中 一冊	桃青著	（開板ハ寛保四年） 江戸川村源左衛門	三浦若海稿「故人俳書目録」ニアリ
鹿島詣	中 一冊	芭蕉著	貞享丁卯仲秋末五日	酒竹 527
誹諧番匠童	小 一冊	自序（無記名）、清白翁李洞跋	貞享よつのとし（跋）	酒竹 2729
浮月	中 一冊	雪明堂半素編	貞享四丁卯六月日（奥）	酒竹 4221

貞享五年・元禄元年（1688）戊辰

書名	体裁	冊数	編著者・序跋	刊記・備考	所蔵・翻刻
俳諧五節句	半	一冊	内田順也編 自序（元禄元年）	阿誰軒目録ニ「同」トシテ延宝九年ノ如クセルハ誤リナルベシ 京都蘭秀軒刊	綿屋（二部アリ）、洒竹1028、1029（二部アリ）
ひるのにしき	中	一冊	芭蕉菴桃青跋（元禄元年）		綿屋（写）
日本歳時記	半	七冊	貝原好古著損軒刪補　貞享五季 戊辰 三月上澣 自序（貞享四年）	京都日新堂（大坂河内屋刊モアリ）	生活の古典双書 綿屋（二種三部アリ）
大坂辰歳旦惣寄	横	一冊	千嶋編 自序（貞享五年）		古典俳文学大系 談林（二） 綿屋
つちのえ辰のとし歳旦	半	一冊	嵐雪編	江戸板木屋四郎右衛門刊	綿屋（写）、潁原Hk14（写）
若水	枡形	一冊	嵐雪編	元禄元	俳諧大辞典該項目参照 松宇（俳諧集彙のうち）
塩味集		一冊	西吟著	阿誰軒ニヨル、前後貞享五年板ニハサマレテ出ヅ	
誰が家	半	一冊	其角編	阿誰軒、前後貞享五年板ニハサマレテ出ヅ、元禄三年板ナリ	

浮草			季範著		阿誰軒ニヨル「貞享五辰如月十五日」トアリ	
はるさめ		一冊	椿子著		阿誰軒ニヨル「同（貞享五）年」トアリ	
續の原	半	二冊	一柳軒不卜編	自序（元禄元年）		俳書大系・談林俳諧集 綿屋（七部アリ）
四季題林後集	中	一冊	蛭子編			酒竹文庫1419
楚常手向草		一冊	北枝編			加越能古俳書大観
遠あるき	半	一冊	常牧編	自序（元禄元年十二月）		常矩の「寝覚」の跡を追う 酒竹文庫2490
やよひ山		一冊	落月庵西吟著		阿誰軒ニヨル「貞享五辰三月尽」「独吟」トアリ	
難波桜		一冊	西吟著		阿誰軒ニヨル「江戸寝覚廿日ノ後集」「同（貞享五）とし二月中旬」トアリ	

書名	形態	著者	備考	所蔵
蕤賔録	一冊	大坂定朋作	阿誰軒ニヨル「同（五）年戊辰皐月下浣」トアリ	
八景集	一冊	鶴一著	阿誰軒ニヨル「貞享五年辰ノ菊月上旬」トアリ	
さらしな紀行	横四六 一冊	芭蕉著	（芭蕉真跡草稿）	（綿屋ニ芭蕉自筆の軸アリ） 綿屋（写真 横四六・一冊）
鳴海眺望歌仙草稿	一冊	芭蕉等著		芭蕉自筆幅 綿屋（写真 横四六・一冊）
若狭千句	一冊	奇傲軒一焉巻頭 言水跋	阿誰軒ニヨル「元禄元年言水跋」トアリ	
ねさめ廿日		西吟編	京都いつゝや庄兵衛	東大図書館貴重書A00

元禄二年（1689）己巳

書名	体裁	冊数	編著者・序跋	刊記	所蔵
阿羅野	半	三冊	橿木堂荷兮編 芭蕉桃青序（元禄二年）	京都井筒屋庄兵衛	古典俳文学大系 蕉門（一） 綿屋、潁原343（半・刊本）
詼諧番匠童	小	一冊	眞珠菴如泉著 自序（元禄二年）、清白翁李洞跋（貞享四年）	元禄二己巳年三月日 京都新井彌兵衛	綿屋
花虚木	半	一冊	雩山軒露川編 大森風木序（元禄二年）		神戸和露文庫蔵、綿屋（二部アリ）
かくれかや 歌仙巻	巻	一巻	芭蕉等著	元禄二年卯月廿四日奥	綿屋（写）
其角十七條	半	一冊		元禄己巳閏五月奥 江戸山崎金兵衛外一軒	綿屋
苗代水	半	四冊	富尾似船編 自序（元禄二年）、雛水野衲跋（元禄二年）	京都井筒屋庄兵衛	綿屋
俳諧せみの小川	半	一冊	紅白堂晩翠編 熊谷散人序（元禄二年）	京都井筒屋筒井庄兵衛	綿屋（四種五部アリ）
四季千句	半	二冊	擧白編 自序	元禄二己巳歳八月日奥	綿屋

書名	形態	冊数	編著者	刊行	所蔵・備考
俳諧 葱摺	半		等躬編		綿屋（半影写闕一冊）
前後園集	半		言水編	京都井筒屋庄兵衛刊	綿屋（半写闕下一冊二部アリ）
おくのほそ道	中	一冊	芭蕉著 曽良写（曽良本）		綿屋（写中一冊）
曽良旅日記	横	一冊	河合曽良著	自筆	（奥の細道随行日記） 綿屋（写・横一冊）
誹諧 手向草	枡	一冊	天野麗一編 自序	元禄二年 京都井筒屋筒井庄兵衛刊	綿屋（写真・枡一冊） 九州大学蔵
俳諧のならひ事	横	一冊	二万翁松寿軒西鶴著 自序	西鶴俳諧伝受書	綿屋（写真・横A5一冊）
続新山家			観水著	阿誰軒ニヨル「同（元禄）二年己二月十八日」トアリ	
句井		一冊	都水作	阿誰軒ニヨル 前後元禄元・二年ニハサマレテ出ヅ	

書名	大きさ・冊数	編著者・序跋	刊記・書写	所蔵
俳諧仮橋	中 一冊	無底盧朋水編 言水序、李洞軒舟叟跋	元禄二年臘月日（跋） 京都井筒屋庄兵衛	竹冷 131
続あはて集	大	蘭秀軒横船編 自序	屠維大荒落之春（序）	竹冷（合一冊）104
言水加筆句集（仮名）	（写本）	獨慰等著、言水点	元禄二写	大東急 3128

月日は百代の過客にして行かふ
年も又旅人也舟の上に生涯
をうかへ馬の口とらへて老をむ
かふるものは日々旅にして
旅を栖とす古人も多く旅に
死せるありいつれの年よりか
片雲の風にさそはれて漂泊
のおもひやます海浜にさすらへ
て去年の秋江上破屋に
蜘の古巣をはらひてやゝ
年も暮春改れは霞の空に
白川の関こえむとそゝろかみ
の物に付てこゝろをくるはせ

一オ

「芭蕉自筆　奥の細道」冒頭
上野洋三・櫻井武次郎編　1997 年刊より転載

近世初期俳諧俳書索引（寛永期〜元禄二年）

俳書年表　書名索引

書名から年表の年号または西暦で検索するもので、書籍史料成立、刊行年や閲覧可能文庫等が確認できるようにした。

書名はできるだけ原典使用文字で表記。

凡例

＊あいうえお順（近代標準仮名遣いで表記）

＊一部、同一書も開板年の異なるもの、題簽の異なるものも必要に応じて適宜挙げておく。

＊書名の読み方は国書総目録に従う。

索引表の記載表記は次の通りである。

書名ひらがな表記	書名	成立年 刊行年等 （江戸期年号）	西暦

よみ	書名	年号	西暦
あいはらちゅう	相腹中	延宝六	一六七八
あかむらさき	赤紫	寛文十一	一六七一
あきんどさいたん	商人歳旦	天和二	一六八二
あけがらす	あけ鴉	貞享二	一六八五
あずまくだりふじいちらんき	東下リ 富士一覧記	寛文四	一六六四
あずまにっき	誹諧 東日記	延宝九 天和元	一六八一
あせいしゅう	蛙井集	寛文十一	一六七一

よみ	書名	年号	西暦
あだちせんく	アタチ千句	延宝四以前 渡奉公記載分	
あたったせんく	嗚呼立千句	寛文七（寛文八ニモ）	一六六七
あたったせんく	あ立た千句	寛文八（寛文七ニモ）	一六六八
あだはなせんく	アダハナ千句	延宝四以前 渡奉公記載分	
あつかいぐさ	あつかひ草	延宝年間 刊年不詳 P118	
あつたはいかいれんがつきなみきゅうひゃくいん	熱田 誹諧連歌月次九百韻	慶安三	一六五〇
あつたまんくのうち	熱田 万句のうち 九一 九二	明暦二	一六五六

読み	書名	年号	西暦
あつたまんくほっくちょう	熱萬句発句帳	寛永十四	一六三七
あははせんく	あは丶千句	寛文五	一六六五
あぶらかす　よどかわ	あぶらかす　よど河	寛永二十	一六四三
あまつりぶね	海士釣舟	延宝二	一六七四
あまのこのすさび	一時軒紀行　あまのこのすさひ	天和三	一六八三
あやしき	あやしき	天和二	一六八二
あらの	阿羅野	元禄二	一六八九

読み	書名	年号	西暦
ありまこかがみしょう	有馬小鑑抄	延宝六	一六七八
ありまにっしょ	有馬日書	天和四 貞享元	一六八四
あるきこうじん	歩荒神	慶安三	一六五〇
あるきこうじんついか	歩荒神追加	慶安三	一六五〇
あるとい	俳諧或問　守武上　宗因	延宝六	一六七八
あわせんく	阿波千句	寛文六	一六六六
あわてしゅう	阿波手集	寛文四	一六六四

い

よみ	書名	年号	西暦
あんらくおん	安樂音	延宝九 天和元	一六八一
いえずと	誹諧發句 家土産	天和二	一六八二
いおざくら	庵桜	貞享三	一六八六
いくだままんく	生玉万句	寛文十三 延宝元	一六七三
いこしき	イコシキ（已己巳己）	延宝四以前 渡奉公記載分 P88	
いこしきせんく	已己巳己千句	寛文八	一六六八
いしやまでらいりあいのかね	石山寺入相鐘	延宝四	一六七六

よみ	書名	年号	西暦
いしゅうどくぎんかせん	維舟獨吟歌仙	延宝六	一六七八
いせおどり	伊勢踊	寛文七	一六六七
いせおどり	伊勢踊	寛文八	一六六八
いせおどりおんどしゅう	伊勢躍音頭集	延宝二	一六七四
いせかぐら	伊勢神樂	延宝二	一六七四
いせかぐら	伊勢神樂	延宝四	一六七六
いせしょうじきしゅう	伊勢正直集	寛文二	一六六二

いせながちょう	伊勢長帳	延宝以前 渡奉公記載分 P84	
いせはいかいしんほっくちょう	伊勢俳諧新發句帳	萬治二	一六五九
いせはいかいながちょう	伊勢俳諧長帳	寛文以前 寛文年間 P70	
いせみやげ	伊勢宮笥	延宝七	一六七九
いせみやげ	伊勢宮笥	延宝八	一六八〇
いせやまだはいかいしゅう	伊勢山田誹諧集	慶安三	一六五〇
いそなれまつ	磯馴松	貞享二	一六八五

いちじけんきこうあまのこのすさび	一時軒紀行　あまのこのすさひ	天和三	一六八三
いちじけんどくぎんじちゅうさんびゃくいん	一時軒独吟自註　三百韻	延宝六	一六七八
いちじずいひつ	一時随筆	天和三	一六八三
いちやあんこんりゅうえんぎ	一夜菴建立縁起	延宝九 天和元	一六八一
いちやあんさいこうさん	一夜菴再興賛	天和四 貞享元	一六八四
いとくず	糸屑　連歌躰　俳諧躰	延宝三	一六七五
いちろうふ	一楼賦	貞享二	一六八五

読み	書名	和暦	西暦
いなかくあわせ	田舎句合	延宝八	一六八〇
いなご	いなご	明暦二	一六五六
いなむしろ	稲莚	貞享二	一六八五
いぬざくら	犬桜	延宝六	一六七八
いぬざくらしゅう	犬桜集	延宝三	一六七五
いぬのお	犬の尾	天和二	一六八二
いまいぶね	今井舟	延宝七	一六七九
いまようすがた	時勢粧	寛文十二	一六七二
いりむこしゅう	入聟集	萬治四 寛文元	一六六一
いりむこしゅう	入聟集	延宝年間 刊年不詳 P118	
いんどうしゅう	誹諧引導集	天和四 貞享元	一六八四

う

読み	書名	和暦	西暦
うきくさ	浮草	貞享五 元禄元	一六八八
うきよなぎなた	浮世長刀	萬治四 寛文元	一六六一
うぐいすぶえ	鶯笛	寛文十三 延宝元	一六七三

うさぎせんく	鵜鷺千句	正保四	一六四七	
うさぎはいかい	鴉鷺俳諧	正保三	一六四六	
うさぎはいかい	ウサキハイカイ	延宝四以前 渡奉公記載分		P85
うさぎはいかい	鵜鷺誹諧	寛文以前 寛文年間		P69
うしかい	牛飼	明暦四 萬治元	一六五八	
うちくもりと	うちくもり砥	天和二	一六八二	
うちでのこづち	うちての小槌	寛文以前 寛文年間		P70

うづきまで	卯月まで	貞享二	一六八五
うのまね	鵜のまね	延宝八	一六八〇
うめのあめひゃくいん	梅の雨百匂	延宝九 天和元	一六八一
うもれぎ	誹諧埋木	寛文十三 延宝元	一六七三
うもれぐさ	埋草	萬治四 寛文元	一六六一
うもれぐさ	埋草	寛文三	一六六三
うろこがた	うろこかた	延宝六	一六七八

読み	書名	元号	西暦
えあわせ	誹諧繪合	延宝三	一六七五
えいがせんく	栄花千句	延宝四以前 渡奉公記載分 P89	
えいくたいがい	詠句大概	延宝九 天和元	一六八一
えいりせいじゅうろうついぜんやっこはいかい	ゑ入 清十郎ついぜんやっこはいかい	寛文七	一六六七
えいりとよみぐさ	繪入 豊世見久佐	天和三	一六八三
えいりよしのやまひとりあない	ゑ入 よしの山ひとりあない	寛文十一	一六七一
えそらごと	絵そらごと	萬治三	一六六〇

読み	書名	元号	西暦
えどおおさかとおしうま	江戸大坂 通し馬	延宝八	一六八〇
えどさんぎん	江戸三吟	延宝六	一六七八
えどじゃのすし	俳諧 江戸蛇之酢 發句并獨吟	延宝七	一六七九
えどしんみち	江戸新道	延宝六	一六七八
えどすいどう	江戸水道	延宝五	一六七七
えどとおりまち	江戸通り町	延宝六	一六七八
えどはいかいだんりんとっぴゃくいん	江戸誹諧 談林十百韻	延宝三	一六七五

読み	書名	和暦	西暦
えどはっぴゃくいん	江戸 八百韻	延宝六	一六七八
えどひろこうじ	俳諧江戸廣小路	延宝六	一六七八
えどべんけい	俳諧 江戸弁慶	延宝八	一六八〇
えどむらさき	江戸紫	延宝四以前 渡奉公記載分 P86	
えどりょうぎん	江戸両吟	延宝六	一六七八
えのこしゅう	狗猧集	寛永十	一六三三
えのこしゅう	犬子集	寛永二十一 正保元	一六四四

読み	書名	和暦	西暦
えぼしばこ	烏帽子箱	萬治四 寛文元	一六六一
えぼしばこ	烏帽子箱	延宝四以前 渡奉公記載分 P86	
えんしゅうせんくづけ	遠舟千句附	延宝八	一六八〇
えんぽうにじゅっかせん	延寶廿歌仙	延宝八	一六八〇
えんぽうろくねんろげんさいたんちょう	延宝六年 露言歳旦帳	延宝六	一六七八
えんみしゅう	塩味集	貞享五 元禄元	一六八八

お

読み	書名	和暦	西暦
おうしゅうめいもんひゃくばんほっくあわせ	奥州名門 百番発句合	寛文十二	一六七二

おうむしゅう	鸚鵡集	明暦四 萬治元	一六五八
おおいがわしゅう	大井川集	延宝二	一六七四
おおえど	大江戸	延宝四	一六七六
おおさかさいたんほっくみつもの	誹諧 大坂歳旦 発句三物	延宝四	一六七六
おおさかたつさいたんそうよせ	大坂 辰歳旦惣寄	貞享五 元禄元	一六八八
おおさかだんりんみっかせんく	大坂檀林三日千句	延宝六	一六七八
おおさかどくぎんしゅう にしやまそういんてんとりとっぴゃくいん	大坂獨吟集 西山宗因点取十百匀	延宝三	一六七五

おおさかはいかいゆきせんく	大坂 俳諧雪千句	寛文五	一六六五
おおさかはいかせん	大坂 誹歌仙	寛文十三 延宝元	一六七三
おおさかはっぴゃくいん	大坂八百韻	延宝八	一六八〇
おおさかはっぴゃくごじゅういん	大坂 八百五十韵	延宝九 天和元	一六八一
おおさかみつかしら	大坂 みつかしら 両吟	延宝九 天和元	一六八一
おおすずり	大硯	延宝六	一六七八
おおなぎなた	大長刀	延宝五	一六七七

おおやかず	俳諧 大矢数 千八百韵	延宝六	一六七八
おおよこて	大横手	延宝八	一六八〇
おかにしいちゅうぎんにしやまばいおうはんとっぴゃくいん	岳西惟中吟 西山梅翁判 十百韻	延宝四	一六七六
おがわせんくしゅう	小川千句集	延宝二	一六七四
おくそずきん	苧くそ頭巾	延宝七	一六七九
おくのほそみち	おくのほそ道	元禄二	一六八九
おくれすごろく	おくれ雙六	延宝九 天和元	一六八一

おちこちしゅう	遠近集	萬治四 寛文元	一六六一
おちこちしゅう	遠近集	寛文六	一六六六
おちぼしゅう	落穂集	寛文三	一六六三
おちぼしゅう	落穂集	寛文四	一六六四
おてんとりはいかいひゃくるいしゅう	御点取俳諧百類集	萬治二	一六五九
おにのめ	鬼農目	延宝九 天和元	一六八一
おばえしゅう	尾蝿集	萬治四 寛文元	一六六一

書名	よみ	和暦	西暦
尾蝿集	おばえしゅう	寛文三	一六六三
思ひ子	おもいご	寛文八	一六六八
思出草	おもいでぐさ	萬治四 寛文元	一六六一
思出草	おもいでぐさ	寛文三	一六六三
思出千句	おもいでせんく	延宝二	一六七四
阿蘭陀丸二番船	おらんだまるにばんせん	延宝八	一六八〇
尾張八百韻	おわりはっぴゃくいん	明暦四 萬治元	一六五八

か

書名	よみ	和暦	西暦
温古日録	おんこにちろく	延宝四	一六七六
音頭集	おんどしゅう	寛文二	一六六二
貝おほひ	かいおおい	寛文十二	一六七二
貝殻集	かいがらしゅう	寛文七	一六六七
帰花千句	かえりばなせんく	延宝四以前 渡奉公記載分 P85	
帰花千句	かえりばなせんく	寛文以前 寛文年間 P69	
鹿驚集	かかししゅう	寛文二	一六六二

かがそめ	加賀染	延宝九 天和元	一六八一
かきぞめしゅう	書初集	寛文以前 寛文年間 P70	
かくれがや	かくれかや 歌仙 巻	元禄二	一六八九
かくれみのくらかさ	隠簑蔵笠	渡奉公 「開板ナキ分」 P91	
かげつせんく	花月千句	慶安二	一六四九
かしまもうで	鹿島詣	貞享四	一六八七
かせんおおさかはいかいし	哥仙 大坂 俳諧師	寛文十三 延宝元	一六七三

かせんがず	俳諧歌仙画図	寛文十三 延宝元	一六七三
かせんぞろえ	歌仙ぞろへ	寛文六	一六六六
かせんほっく	歌仙発句	延宝四以前 渡奉公記載分 P84	
かたいれほうこう	肩入奉公	延宝五	一六七七
かたこと	嘉多言	慶安三	一六五〇
かたみぐるま	俳諧 形見車	寛文十一	一六七一
かたわぐるま	片輪車	延宝四以前 渡奉公記載分 P85	

読み	書名	和暦	西暦
かちょうしゅう	俳諧 花鳥集	天和四 貞享元	一六八四
かちょうせんく	巵鳥千句	延宝四以前 渡奉公記載分 P84	
かどうたいおんき	歌道戴恩記	天和二	一六八二
かなざわごぎん	金澤五吟	天和三	一六八三
かばしらひゃくいん	蚊柱百韻	寛文十三 延宝元	一六七三
かばしらひゃくいんまき	西山宗因 蚊柱百韻巻	延宝二	一六七四
かまくらさんびゃくいん	鎌倉三百韻	延宝三	一六七五

読み	書名	和暦	西暦
かみくずかご	紙屑籠	延宝七	一六七九
かみほうらくしゅう	神法楽集	延宝四以前 渡奉公記載分 P84	
かみやがわすいしゃ	紙屋川水車	寛文四	一六六四
かようにそうろうものは	かやうに候ものハ青人猿風鬼貫にて候	天和四 貞享元	一六八四
からくろっぴゃくいん	花洛六百韻	延宝八	一六八〇
かりはし	俳諧仮橋	元禄二	一六八九
かりぶたい	假舞台	延宝七	一六七九

読み	書名	年号	西暦
かりんのこくずしゅう	哥林鋸屑集	萬治三	一六六〇
かわずあわせ	蛙合	貞享三	一六八六
かわずあわせ	可般圖安和瀬	貞享三	一六八六
かわちめいしょかがみ	河内名所鑑	延宝七	一六七九
かわふねとくまんさい	河船徳萬歳	承応二	一六五三
かんえいこはいかい	寛永古誹諧	慶安三	一六五〇
かんえいにじゅういちねんはいかいせんく	寛永廿一年誹諧千句	寛永二十一 正保元	一六四四

き

読み	書名	年号	西暦
かんごしゅう	寛伍集	寛文十	一六七〇
かんなくず	鉋屑	萬治二	一六五九
かんぶんじゅういちねんさいたんみつものはいかい	寛文十一年 歳旦三ッ物俳諧	寛文十一	一六七一
かんぶんぜんごこはいかい	寛文前後 古俳諧	寛文以前 寛文年間 P69	
かんぶんじゅうさんねんさいたん	寛文十三年歳旦	寛文十三 延宝元	一六七三
かんわはいかい	漢和俳諧	寛文以前 寛文年間 P70	
きかくじゅうしちじょう	其角十七條	元禄二年	一六八九

よみ	書名	年号	西暦
きぎんじっかいしゅう	季吟十會集	寛文十二	一六七二
きぎんそうしょうはいかい	季吟宗匠誹諧	寛文十	一六七〇
きぎんにじゅっかいしゅう	季吟廿會集	延宝四	一六七六
きぎんはいかいしゅう	季吟誹諧集	寛文十	一六七〇
きくざけ つけく	菊酒 付句	延宝四	一六七六
きたむらきぎんにっき	北村季吟日記	萬治四 寛文元	一六六一
きづのりあいせん	木津乗合船	延宝五	一六七七

よみ	書名	年号	西暦
きとくどくぎんしゅう	喜得独吟集	延宝五	一六七七
きゅうそくかせん	休息歌仙	延宝四以前 渡奉公記載分 P86	
ぎゅうとうまいこうへん	牛刀毎公編	寛文十二	一六七二
きゅうひゃくいん	九百韻	萬治三	一六六〇
ぎょうじばん	行事板	延宝八	一六八〇
きょうにっき	京日記	貞享四	一六八七
きょうのさいふ	狭之細布	明暦三	一六五七

読み	書名	元号	西暦
きょうゆうしゅう	狂遊集	寛文九	一六六九
きょうわらべ	京童	明暦四 萬治元	一六五八
ぎょくかいしゅう	玉海集	明暦二	一六五六
ぎょくかいしゅうついか	玉海集追加	寛文七	一六六七
きよみずせんく	清水千句	寛文十三 延宝元	一六七三
きんかざんいっしきりょうぎんぜんしゅう	金花山一色両吟前集	延宝八	一六八〇
きんじゅうぎょちゅうくあわせ	禽獣魚虫句合	天和四 貞享元	一六八四

く

読み	書名	元号	西暦
きんらいはいかいふうたいしょう	近来俳諧風躰抄（二種アリ）	延宝七 延宝八	一六七九、一六八〇
くい	句井	元禄二	一六八九
くうりんふうよう	空林風葉	天和三	一六八三
くさまくら	草枕	延宝四	一六七六
くさめぐさ	嚔草	寛永二十	一六四三
くすりくい	薬喰	延宝九 天和元	一六八一
ぐぜいのふね	弘誓舟	延宝六	一六七八

読み	書名	年号	西暦
くせんべつ	句銭別（稿）	貞享四	一六八七
くちまねぐさ	口真似草	明暦二	一六五六
くまさか	熊坂	延宝七	一六七九
くまさか	俳諧熊坂	延宝八	一六八〇
くもくらいしゅう	雲喰集	延宝八	一六八〇
くるる	久流留	慶安三	一六五〇

け

読み	書名	年号	西暦
けいあんしちゅうはいかいしゅう	慶安丑子誹諧集	慶安二	一六四九
けいぎとっぴゃくいん	計艤十百韻　梅翁点	延宝六	一六七八
けいのうろく	恵能録	延宝七	一六七九
げすのちえ	ゲスの知慧	渡奉公「開板ナキ分」P90	
けふきぐさ	毛吹草	正保二	一六四五
けふきぐさついか	毛吹草追加	正保四	一六四七
けんかすき	見花数寄	延宝七	一六七九
げんじびんかがみ	源氏鬢鏡	萬治三	一六六〇

こ

読み	書名	年号	西暦
げんちゅうどくぎんせんく	玄仲獨吟千句	寛永十一	一六三四
こうえいぶんしゅう	向栄文集	明暦二	一六五六
こうしゅうえあわせせんひゃくいん	後集繪合千百韻	延宝五	一六七七
ごうちはなみ	碁打花見	延宝四以前 渡奉公記載分 P85	
こうばいせんく	紅梅千句	承応四 明暦元	一六五五
こうみょうしゅう	高名集	天和二	一六八二
こうやさんもうでき	高野山詣記	延宝二	一六七四

読み	書名	年号	西暦
こうようぐんかん	功用群鑑	延宝年間（刊年不詳） P117	
こおりやま	郡山	正保三	一六四六
ごかこく	五ヶ国	延宝九 天和元	一六八一
こきりこせんく	コキリコ千句	延宝四以前 渡奉公記載分 P85	
こきりこせんく	コキリコ千句	寛文以前 寛文年間 P69	
こきんはいかいおんなかせんえしょう	古今 俳諧女歌仙繪抄	天和四 貞享元	一六八四
ごくつけはいかい	五句附俳諧	延宝六	一六七八

よみ	書名	和暦	西暦
こけいのはし	俳諧 虎渓の橋	延宝六	一六七八
ここんしきのとも	古今四季友	寛文七	一六六七
ごさん	俳諧 御傘	萬治二	一六五九
こしじぐさ	越路草	延宝七	一六七九
こしじぐさ	越路草	延宝年間（刊年不詳） P117	
こじはいかいならびにいんじはいかいじんじゃはいかい	古事俳諧 并 韵字俳諧 神社俳諧	明暦二	一六五六
ごじゅうばんくあわせ	五十番句合	延宝三	一六七五

よみ	書名	和暦	西暦
こずもう	小すまふ	寛文七	一六六七
ごせっく	俳諧 五節句	貞享五 元禄元	一六八八
ごせんいぬつくばしゅう	後撰犬筑波集	延宝二	一六七四
こだましゅう	木玉集	寛文三	一六六三
こてまき	小手巻	延宝六	一六七八
ごとく	五徳	延宝六	一六七八
ことのはおり	言羽織	延宝四	一六七六

読み	書名	和暦	西暦
ことばのともどち	詞の友達	寛文以前 寛文年間 P69	
ことばのともどち	詞之友達	延宝以前 渡奉公記載分 P88	
ごひゃくばんじくあわせ	五百番自句合	延宝六	一六七八
こぼりえんしゅうほっくしゅう	小堀遠州発句集	正保四	一六四七
こまさらい	こまさらひ	萬治三	一六六〇
こまちおどり	小町踊	寛文五	一六六五
これてんどう	俳諧 是天道	延宝八	一六八〇

読み	書名	和暦	西暦
こんごうしゃ	誹諧 金剛砂	延宝年間（刊年不詳） P117	
こんざんしゅう	崑山集	慶安四	一六五一
こんざんしゅう	崑山集	明暦二	一六五六
こんざんどじんしゅう	崑山土塵集	明暦二	一六五六
ごんすいかひつくしゅう	言水加筆句集	元禄二	一六八九

さ

読み	書名	和暦	西暦
さいおうとっぴゃくいん	西翁十百韻	寛文十三 延宝元	一六七三
さいおうみちのき	西翁道之記	寛文四	一六六四

読み	書名	和暦	西暦
さいおうみちのき	西翁道之記	延宝三	一六七五
さいかくおおやかず	西鶴大矢数	延宝九 天和元	一六八一
さいかくごひゃくいん	西鶴五百韻	延宝七	一六七九
さいかくはいかいおおくかず	西鶴 俳諧大句数	延宝五	一六七七
さいたんしゅう	歳旦集	延宝六	一六七八
さいたんしゅう	歳旦集	延宝八	一六八〇
さいたんちそくかきとめ	歳旦 知足書留	寛文六	一六六六

読み	書名	和暦	西暦
さいたんちょうちそくかきとめ	歳旦帖知足書留	寛文三	一六六三
さいたんほっくしゅう	歳旦發句集	延宝二	一六七四
さかいぎぬ	堺絹	延宝年間 （刊年不詳）	P117
さかいぐさ	境海草	萬治三	一六六〇
さきんぶくろ	砂金袋	明暦三	一六五七
さきんぶくろこうしゅう	沙金代後集	延宝三	一六七五
さくしゃなよせ	誹諧作者名寄	寛文以前 寛文年間	P69

読み	書名	和暦	西暦
さくらがわ	桜川	寛文三	一六六三
さくらがわ	櫻川	延宝二	一六七四
さくらせんく	櫻千句	延宝六	一六七八
ささやませんく	篠山千句	延宝三	一六七五
さざれいし	細少石	寛文八	一六六八
さよのなかやましゅう	佐夜中山集	寛文四	一六六四
さらしなきこう	さらしな紀行	貞享五 元禄元	一六八八

読み	書名	和暦	西暦
さるとりもち	誹諧　猿黐　破邪顕正 再返答	延宝八	一六八〇
さんかいしゅう	山海集	延宝九 天和元	一六八一
さんがのつ	誹諧　三ヶ津　哥仙 絵入	天和二	一六八二
さんじゅうろっきんくあわせ	卅六禽句合	延宝四以前 渡奉公記載分 P92	
ざんせつ	残雪	貞享二	一六八五
さんてつりん（みつかなわ）	三鉄輪	延宝六	一六七八
さんにんたこ	三人蛸	天和三	一六八三

し

よみ	書名	年号	西暦
さんにんちょう	俳諧 三人帳	延宝五	一六七七
さんぶしょう	俳諧 三部抄	延宝五	一六七七
しきせんく	四季千句	元禄二	一六八九
しきだいりん	四季題林	天和三	一六八三
しきだいりんこうしゅう	四季題林後集	貞享五 元禄元	一六八八
ししゅうけんかく	四衆懸隔	延宝八	一六八〇
しちじゅうにものがたり	七十二物語	寛文以前 寛文年間 P70	

よみ	書名	年号	西暦
しちじゅうにものがたり	七拾二物語	延宝四以前 渡奉公記載分 P84	
じっかいしゅう	十會集	寛文五	一六六五
しのぶぐさ	誹諧 忍草	寛文三	一六六三
しのぶくさ	シノフクサ	延宝四以前 渡奉公記載分 P84	
しのぶずり	俳諧 荵摺	元禄二	一六八九
しばざかな	芝肴	延宝七	一六七九
しぶうちわ	しぶ團	延宝二	一六七四

読み	書名	年号	西暦
しぶうちわへんとう	西山梅翁 蚊柱百韻 しぶ団返答	延宝三	一六七五
しぶうちわへんとう	しぶ団返答	延宝五	一六七七
しみしゅう	蠹集	天和四 貞享元	一六八四
しみしゅうきかくきょうごぎんついかよよし	蠹集 其角京五吟 追加よゝし	天和四 貞享元	一六八四
しめいしゅう	四名集	延宝四以前 渡奉公記載分 P87	
しゃくにちのうちょうずまるひゃくいん	両吟 尺日能長頭丸百韻	寛永二十一 正保元	一六四四
しゃっきょうはいかいじえつひゃくいん	釋教誹諧 自悦 百韻	延宝五	一六七七

読み	書名	年号	西暦
じゃのすけごひゃくいん	蛇之助五百韻	延宝五	一六七七
じゅういちひゃくいん	十一百韻	承応三	一六五四
しゅうぎょくしゅう	拾玉集	明暦四 萬治元	一六五八
しゅうしゅう	誹諧詞友集	寛文十	一六七〇
じゅうにしくあわせ	十二枝句合	寛文六	一六六六
しゅうはいかい	集配戒	承応二	一六五三
じゅうはちばんくあわせ	拾八番句合	延宝六	一六七八

読み	書名	年号	西暦
じゅっかせんけんかすき	俳諧 十歌仙 見花數寄	延宝七	一六七九
じゅはいかいひゃくいん	儒誹諧百韻	延宝五	一六七七
しょうかしゅう	松花集	寛文十三 延宝元	一六七三
じょうきょうみつもの	貞享三ッ物	貞享三	一六八六
しょうごかん	小午巻	渡奉公「開板ナキ分」P91	
しょうじんなます	俳諧本 弐百韻 精進膾	天和三	一六八三
しょうゆうめいきょうしゅう	逍遊明鏡集	慶安四	一六五一
じょこうし	如行子	貞享四	一六八七
しょこくどくぎんしゅう	諸国独吟集	寛文十二	一六七二
しらねぐさ	白根草	延宝八	一六八〇
しらねだけ	俳諧 白根嶽	貞享二	一六八五
しりんきんぎょくしゅう	詞林金玉集	延宝七	一六七九
しれさんしょひゃくいん	宗因 獨吟 しれさんしょ百韻	天和二	一六八二
じろうごひゃくいん	太郎五百韻 次郎五百韻	延宝七	一六七九

よみ	書名	年号	西暦
しわすのつきよ	師走の月夜	慶安二	一六四九
しんいぬつくば	新犬筑波	延宝四以前 渡奉公記載分 P89	
しんきゅうきょうかはいかいききがき	新舊狂歌誹諧聞書	寛永九以前 P7	一六三二以前
しんぎょっかいしゅう	新玉海集	天和四 貞享元	一六八四
しんぎょっかいしゅう	新玉海集	貞享二	一六八五
しんさんが	新山家	貞享三	一六八六
しんせんいぬつくばしゅう	新撰犬筑波集	寛永九以前 P8	一六三二以前

よみ	書名	年号	西暦
しんせんばっすいしょう	新撰抜粋抄	寛文九	一六六九
しんせんばっすいしょうあとおいきゅうしゅういん	新撰抜粋抄 跡追 九衆韵	寛文二	一六六二
しんぞういぬつくばしゅう	新増犬筑波集	寛永二十	一六四三
しんぞくいぬつくばしゅう	新続犬筑波集	萬治三	一六六〇
しんぞくいぬつくばしゅう	新續犬筑波集	寛文七	一六六七
しんとくきょうさんぎん まささだ せんあん	信徳 京三吟 政定 仙菴	延宝六	一六七八
しんどくぎんしゅう	新獨吟集	寛文十一	一六七一

す

読み	書名	年号	西暦
しんとくとっぴゃくいん	信徳とっぴゃくいん	延宝三	一六七五
しんにひゃくいん	新二百韻	天和三	一六八三
しんばんけふきぐさ	新板 毛吹草	寛文二	一六六二
しんばんはいかいはまおぎ	新板 誹諧濱荻	寛文十二	一六七二
しんばんはなびぐさ	新板 はなひ草	明暦二	一六五六
しんひゃくにんいっく	新百人一句	寛文十一	一六七一
すいかみっつ	西瓜三ッ	延宝九 天和元	一六八一

せ

読み	書名	年号	西暦
すいせん	誹諧水繊	延宝九 天和元	一六八一
すいしゃげつ	水車軏	承応年間 P28	
ずいひんろく	蕤賔録	貞享五 元禄元	一六八八
すずめこしゅう	雀子集	寛文二	一六六二
すてごしゅう	捨子集	萬治二	一六五九
すてふね	誹諧捨舟	寛文十三 延宝元	一六七三
せいじゅうろうついぜんやっこはいかい	ゑ入 清十郎ついぜん やっこはいかい	寛文七	一六六七

よみ	書名	和暦	西暦
せいしょうせんく	誹諧千句（正章千句）	正保五 慶安元	一六四八
せきずもう	俳諧關相撲	天和二	一六八二
せとのあけぼの	せとの曙	延宝九 天和元	一六八一
せみのおがわ	俳諧 せみの小川	元禄二	一六八九
せわづくし	世話尽（せわ焼草）	明暦二	一六五六
せわやきぐさ	せわ焼草	明暦二	一六五六
せんく	千句	寛文十二	一六七二
ぜんごえんしゅう	前後園集	元禄二	一六八九
せんだいおおやかず	仙台大矢数	延宝七	一六七九
せんだいきこう	仙台紀行	萬治二	一六五九
せんたくきぬた	洗濯碪	寛文六	一六六六
せんたくもの	誹諧 洗濯物	寛文六	一六六六
せんたくものついか はれこそで	洗濯物追加 晴小袖	寛文十二	一六七二

そ

よみ	書名	和暦	西暦
そういんいちざはいかいひゃくいんごかん	宗因一座俳諧百韻五巻	延宝三	一六七五

よみ	書名	和暦	西暦
そういんごひゃくいん	宗因五百韻	延宝四	一六七六
そういんさんびゃくいん	宗因三百韵	延宝年間（刊年不詳） P118	
そういんしちひゃくいん	宗因七百韻	延宝五	一六七七
そういんしゃっきょうはいかい	西山 宗因釋教俳諧	延宝三	一六七五
そういんどくぎんしれさんしょひゃくいん	宗因獨吟 しれさんしょ百韻	天和二	一六八二
ぞうきん	俳諧雑巾	延宝九 天和元	一六八一
そうでんいちだいじひきりがみ	相伝一大事秘切紙	承応二	一六五三

よみ	書名	和暦	西暦
そうばいしゅう	早梅集	寛文三	一六六三
ぞうほはなびぐさ	増補はなひ草	延宝六	一六七八
そうほんじはいかいつねのすがた	惣本寺 俳諧中庸姿	延宝七	一六七九
ぞうやまのいしきのことば	誹諧 増山井 四季之詞	寛文三	一六六三
ぞくあわてしゅう	続あはて集	元禄二	一六八九
ぞくさかいぐさ	續境海草	寛文二	一六六二
ぞくさかいぐさ	續境海草	寛文十	一六七〇

よみ	書名	和暦	西暦
ぞくさかいぐさ	續境海草	寛文十二	一六七二
ぞくしゅうはいかいしゅう	續詞友俳諧集	寛文十二	一六七二
ぞくしんさんが	続新山家	元禄二	一六八九
ぞくどくぎんしゅう	俳諧 續独吟集	寛文以前 寛文年間 P69	
ぞくみなしぐり	續虚栗	貞享四	一六八七
ぞくむみょうしょう	續無名抄	延宝八	一六八〇
ぞくやまとじゅんれい	續大和順礼	寛文十二	一六七二

よみ	書名	和暦	西暦
ぞくやまのい	續山井	寛文七	一六六七
ぞくれんじゅ ごしちよういふうてい	續連珠 五七用意風躰	延宝四	一六七六
そこぬけうす	底抜磨	正保三	一六四六
そこぬけうす	底抜臼	寛文五	一六六五
そじょうたむけぐさ	楚常手向草	貞享五 元禄元	一六八八
そなれまつ	磯馴松	貞享二 貞享三	一六八五、一六八六
そらうそ	ソラウソ	延宝四以前 渡奉公記載分 P84	

た

読み	書名	年号	西暦
そらたびにっき	曽良旅日記	元禄二	一六八九
そらつぶて	そらつぶて	慶安二	一六四九
そらつぶて	空つぶて	寛文三	一六六三
それぞれぐさ	それ〳〵草	延宝九 天和元	一六八一
だいかいしゅう	誹諧 大海集	寛文十二	一六七二
たかつくば	太哥観句葉	寛永十九	一六四二
たかつくばしゅう	鷹筑波集	寛永十九	一六四二

読み	書名	年号	西暦
たからぐら	寶蔵	寛文十一	一六七一
たきぎのう	薪能	延宝六	一六七八
たちぎき	立聴	延宝四以前 渡奉公記載分 P88	
たつきしゅう	たつき集	延宝四以前 渡奉公記載分 P87	
たつさいたんそうよせ	大坂 辰歳旦惣寄	貞享五 元禄元	一六八八
たびころも	俳諧 たひころも	寛文十三 延宝元	一六七三
たまあられひゃくいん	玉霰百韻	寛文十三 延宝元	一六七三

読み	書名	刊行年	西暦
たまえぐさ	玉江草	延宝五	一六七七
たまくしげ	玉櫛笥	寛文二	一六六二
たまてばこ	誹諧 玉手箱	延宝七	一六七九
たむけぐさ	誹諧 手向草	元禄二	一六八九
ためいけかわござ	溜池河御坐	延宝六	一六七八
たゆうざくら	大夫桜	延宝八	一六八〇
たれがいえ	誰が家	貞享五 元禄元	一六八八

読み	書名	刊行年	西暦
たろうごひゃくいん	太郎五百韻 次郎五百韻	延宝七	一六七九
たわぶれぐさ	たはふれ草	寛文七	一六六七
たんこうしゅう	短綆集	延宝二	一六七四
だんりんさんびゃくいん	談林三百韻	延宝四	一六七六
だんりんのきばのうど	談林 軒端の独活	延宝八	一六八〇
だんりんはいかい	談林 俳諧	延宝年間（刊年不詳） P117	
だんりんはいかいひはん	談林俳諧批判	延宝六	一六七八

ち

よみ	書名	和暦	西暦
だんりんはいかいひはん	談林俳諧批判	延宝年間（刊年不詳） P117	
だんりんふうひゃくいんにかん	談林風百韻 二巻	延宝七	一六七九
ちぎりき	千宜理木	延宝三	一六七五
ちくばきょうぎんしゅう	竹馬狂吟集	寛永九以前	一六三二以前
ちくりん	俳諧竹林	延宝九 天和元	一六八一
ちそくかきとめこはいかい	知足書留 古誹諧	承応三	一六五四
ちそくさいたんちょう	知足歳旦帖	明暦四 萬治元	一六五八
ちゃしゃくだけ	茶杓竹	寛文三	一六六三
ちょうろうしゅう	嘲哢集	明暦三	一六五七
ちょぼくしゅう	樗木集	延宝四以前 渡奉公記載分 P87	
ちりづか	塵塚	寛文十一	一六七一
ちりづか	俳諧塵塚	寛文十二	一六七二
ちりとり	塵取 付句坤 獨吟	延宝七	一六七九
ちんちょうしゅう	誹諧珍重集	延宝六	一六七八

読み	書名	和暦	西暦
ついかあめあがり	追加雨霽	延宝四	一六七六
ついすえこ	ついすへ子	慶安五 承応元	一六五二
ついぜんきゅうひゃくいん	追善九百韻	寛永十四	一六三七
ついふくせんくはいかい	追福千句誹諧	正保四	一六四七
つくしきこう	筑紫紀行	寛文九	一六六九
つくしごと	筑紫琴	延宝六	一六七八
つくしのうみ	つくしの海	延宝六	一六七八

読み	書名	和暦	西暦
つけあいこかがみ	付合小鏡	延宝七	一六七九
つちのえたつのとしさいたん	つちのえ辰のとし 歳旦	貞享五 元禄元	一六八八
つづきのはら	續の原	貞享五 元禄元	一六八八
つづらおり	ツ、ラ折	延宝四以前 渡奉公記載分 P85	
つねのすがた	寺本物 俳諧中庸姿	延宝七	一六七九
つねのすがたはじゃけんしょうふたつさかづき	中庸姿 破邪顕正 二ッ盃	延宝八	一六八〇
つやまきこう	津山紀行	承応二	一六五三

よみ	書名	和暦	西暦
つるいぼ	俳諧 蔓附贅	延宝九 天和元	一六八一
ていとくおうこうばいせんく	貞徳翁紅梅千句	承応四 明暦元	一六五五
ていとくしゅうえんき	貞徳終焉記	承応二	一六五三
ていとくつち	貞徳槌	天和三	一六八三
ていとくはいかいき	貞徳誹諧記	寛文三	一六六三
ていとくひしょまえぐるましゅう	貞徳 秘書 前車集	延宝三	一六七五
ていとくひゃくいんどくぎんじちゅう	貞徳百句 独吟 自註	萬治二	一六五九
ていとくわくげ	貞徳和句解	寛文二	一六六二
ていぼうさいたん	丁卯 歳旦	貞享四	一六八七
ていぼうしゅう	丁卯集	貞享四	一六八七
てぐりぶね	手繰舟	寛文十二	一六七二
てんじんほうのうしゅう	天神奉納集	萬治四 寛文元	一六六一
てんすいしょう	天水抄	寛文十	一六七〇
てんすいしょう	天水抄	寛文十一	一六七一

と

よみ	書名	和暦	西暦
てんすいしょうしゅう	天水抄集	寛永二十一 正保元	一六四四
てんてきしゅう	点滴集	延宝八	一六八〇
てんとりしゅう	俳諧點取集	延宝九 天和元	一六八一
てんませんく	天満千句	延宝四	一六七六
とうがらしひゃくいん	唐辛子百韵	延宝四以前 渡奉公記載分 P87	
とうきこう	東帰稿	寛文六	一六六六
とうじんおどり	唐人踊	延宝五	一六七七

よみ	書名	和暦	西暦
とうせいさんびゃくいん	桃青三百韻 附両吟 三百韻	延宝五	一六七七
とうせいもんていどくぎんにじゅっかせん	桃青門弟 獨吟廿歌仙	延宝八	一六八〇
どうちゅうはいかい	道中誹諧	延宝四以前 渡奉公記載分 P89	
どうとんぼりはなみち	道頓堀 花みち 初芝居 顔見世 發句附合	延宝七	一六七九
どうほね	胴骨	延宝六	一六七八
とうらいしゅう	到來集	延宝四	一六七六
とうりゅうかごぬけ	俳諧 當流籠抜 五吟 五百韻	延宝六	一六七八

読み	書名	年号	西暦
とおあるき	遠あるき	貞享五 元禄元	一六八八
とおやまどり	遠山鳥	延宝二	一六七四
ときわぐさ	常盤草	渡奉公「開板ナキ分」 P90	
ときわやくあわせ	常盤屋句合	延宝八	一六八〇
どくぎんきゅうひゃくいん	独吟九百韻	寛永十八	一六四一
どくぎんひゃくせんく	誹諧 獨吟百千句	延宝三	一六七五
どくぎんふつかせんく	独吟二日千句	延宝五	一六七七

読み	書名	年号	西暦
とくげんせんく	徳元千句	寛永九以前 P8	一六三二以前
とくさせんく	十種千句	明暦三	一六五七
とくさせんく	とくさ千句	寛文八	一六六八
とっぴゃくいん	十百韻 山水獨吟等 梅翁批判	延宝七	一六七九
どっぽしゅう	独歩集	渡奉公「開板ナキ分」 P90	
とびうめせんく	飛梅千句	延宝七	一六七九
とびのひょうろん	鳶の評論	天和二	一六八二

な

読み	書名	年号	西暦
とよみぐさ	繪入　豊世見久佐	天和三	一六八三
とりあわせ	鳥合	寛文八	一六六八
ながかもじ	長カモシ	延宝四以前 渡奉公記載分 P87	
なぎなた	長刀	延宝四以前 渡奉公記載分 P88	
なげさかづき	誹諧　投盃	延宝八	一六八〇
なすびくいさし	茄子喰さし	貞享四	一六八七
なつざしきひゃくいん	夏座敷百韻	延宝六	一六七八

読み	書名	年号	西暦
なとりがわ	名取川	延宝七	一六七九
なとりがわ	俳諧　名取川	延宝八	一六八〇
なにまでぐさ	何迠草	渡奉公「開板ナキ分」 P90	
なにわかぜ	難波風	延宝六	一六七八
なにわぐさ	難波草	寛文十一	一六七一
なにわざくら	難波桜	貞享五 元禄元	一六八八
なにわしきしひゃくにんいっく	難波色紙百人一句	天和二	一六八二

に

よみ	書名	和暦	西暦
なにわせんく	難波千句	延宝五	一六七七
なるみちょうぼうかせんそうこう	鳴海眺望歌仙草稿	貞享五 元禄元	一六八八
なわしろみず	苗代水	元禄二	一六八九
にしやまそういんかばしらひゃくいんまき	西山宗因 蚊柱百韻巻	延宝二	一六七四
にしやまそういんしゃっきょうはいかい	西山宗因釋教俳諧	延宝二	一六七四
にしやまそういんせんく	西山宗因千句	寛文十三 延宝元	一六七三
にしやまそういんのちのごひゃくいん	西山宗因後五百韻	延宝年間（刊年不詳） P117	

ぬ

よみ	書名	和暦	西暦
にしやまばいおうかばしらひゃくいん しぶうちわへんとう	西山梅翁蚊柱百韻 しぶ団返答	延宝三	一六七五
にほんさいじき	日本歳時記	貞享五 元禄元	一六八八
にょいほうじゅ	如意寶珠	延宝二	一六七四
にんげんのよ	俳諧人間世	寛文七	一六六七
ぬれがらす	ぬれがらす	延宝七	一六七九

ね

よみ	書名	和暦	西暦
めざめつねのりろくぎんよよし	ねざめ 常矩六吟 よゝし	延宝六	一六七八
ねざめはつか	寐ざめ廿日	貞享四	一六八七

の

よみ	書名	年号	西暦
ねざめはつか	ねさめ廿日	貞享五 元禄元	一六八八
のうめ	野梅	貞享四	一六八七
のちようすがた	後様姿	天和二	一六八二
のぶちかせんく	信親千句	承応四 明暦元	一六五五
のぶちかせんく	信親千句	延宝四以前 渡奉公記載分 P87	
のりのはな	誹諧法農華	寛文十二	一六七二
のりのはな	法ノ花	寛文十三 延宝元	一六七三

は

よみ	書名	年号	西暦
ばいおうよしださんけいき	梅翁吉田参詣記	寛文四	一六六四
はいかいあずまにっき	誹諧東日記	延宝九 天和元	一六八一
はいかいあやまき	誹諧綾巻 破邪顕正 并 返答兩書	延宝八	一六八〇
はいかいあるとい	俳諧或問 守武 上 宗因	延宝六	一六七八
はいかいあわせ	誹諧合	明暦二	一六五六
はいかいあわせ いなか	誹諧合 田舎	延宝八	一六八〇
はいかいいまようおとこ ほっく	誹諧當世男 發句	延宝四	一六七六

よみ	書名	元号	西暦
はいかいいんどうしゅう	誹諧 引導集	天和四 貞享元	一六八四
はいかいうもれぎ	誹諧埋木	寛文十三 延宝元	一六七三
はいかいえあわせ	誹諧繪合	延宝三	一六七五
はいかいえどじゃのすし	俳諧 江戸蛇之鮓 發句 并 獨吟	延宝七	一六七九
はいかいえどひろこうじ	俳諧江戸廣小路 發句	延宝六	一六七八
はいかいえどべんけい	俳諧 江戸弁慶 發句	延宝八	一六八〇
はいかいおおさかさいたんほっくみつもの	誹諧 大坂歳旦 発句 三物	延宝四	一六七六
はいかいおおやかず	俳諧 大矢数 千八百韵	延宝六	一六七八
はいかいおんなかせん	古今 俳諧女歌仙	天和四 貞享元	一六八四
はいかいおんなかせんえしょう	古今 俳諧女歌仙繪抄	天和四 貞享元	一六八四
はいかいかくれみの	俳諧かくれみの	延宝五	一六七七
はいかいかせん	誹諧哥仙	延宝九 天和元	一六八一
はいかいかせんがず	俳諧歌仙画図	寛文十三 延宝元	一六七三
はいかいかたみぐるま	俳諧 形見車	寛文十一	一六七一

読み	書名	和暦	西暦	備考
はいかいかちょうしゅう	俳諧 花鳥集	天和四 貞享元	一六八四	
はいかいかりはし	俳諧仮橋	元禄二	一六八九	
はいかいかんわ	俳諧漢和	萬治四 寛文元	一六六一	
はいかいくがいしゅう	俳諧公界集	寛文十三 延宝元	一六七三	
はいかいくしゅう	誹諧句集	寛文十	一六七〇	
はいかいくまさか	俳諧熊坂	延宝八	一六八〇	
はいかいこけいのはし	俳諧 虎溪の橋	延宝六	一六七八	

読み	書名	和暦	西暦	備考
はいかいごさん	俳諧御傘	慶安四	一六五一	
はいかいごさん	俳諧御傘	萬治二	一六五九	
はいかいごせっく	俳諧 五節句	貞享五 元禄元	一六八八	
はいかいごひゃくいんさんかせん	誹諧 五百韵三哥仙 ならひ よゝし	天和四 貞享元	一六八四	
はいかいこれてんどう	俳諧 是天道 総本寺	延宝八	一六八〇	
はいかいこんごうしゃ	誹諧 金剛砂	延宝年間（刊年不詳）		P117
はいかいさくしゃなよせ	誹諧作者名寄	寛文以前 寛文年間		P69

よみ	書名	和暦	西暦
はいかいさるとりもち	誹諧猿黐 破邪顕正 再返答	延宝八	一六八〇
はいかいさんがのつ	誹諧 三ケ津 歌仙 絵入	天和二	一六八二
はいかいさんにんちょう	俳諧三人帳	延宝五	一六七七
はいかいさんぶしょう	俳諧三部抄	延宝五	一六七七
はいかいじいん	俳諧次韻	延宝九 天和元	一六八一
はいかいしおうぎ	俳諧師奥儀	承応四 明暦元	一六五五
はいかいしちひゃくごじゅういん	誹諧 七百五十韻	延宝九 天和元	一六八一

よみ	書名	和暦	西暦
はいかいしてかがみ	誹諧師手鑑	延宝四	一六七六
はいかいしなよせ	誹諧師名寄	延宝四以前 渡奉公記載分 P88	
はいかいしのぶぐさ	誹諧 忍草	寛文三	一六六三
はいかいしのぶずり	俳諧 葱摺	元禄二	一六八九
はいかいしゅう	誹諧集（北村季吟編）	寛文三	一六六三
はいかいしゅうかきとめ	俳諧集書留	寛文以前 寛文年間 P69	
はいかいしゅうしゅう	誹諧詞友集	寛文十	一六七〇

はいかいしゅうにせんく	誹諧集 二千句	正保四	一六四七
はいかいじゅっかせんけんかすき	俳諧 十歌仙 見花數寄	延宝七	一六七九
はいかいしょう	はいかい仕やう	寛文二	一六六二
はいかいしょうしき	誹諧小式	寛文二	一六六二
はいかいしょがくしょう	誹諧初学抄	寛永十八	一六四一
はいかいしらねだけ	俳諧 白根嶽	貞享二	一六八五
はいかいしんせいしゅう	誹諧進正集	明暦四 萬治元	一六五八

はいかいすいせん	俳諧水織（ママ）（「水織」ノ誤記か）	延宝九 天和元	一六八一
はいかいすてぶね	誹諧捨舟	寛文十三 延宝元	一六七三
はいかいせきずもう	俳諧鬭相撲 京	天和二	一六八二
はいかいせみのおがわ	俳諧 せみの小川	元禄二	一六八九
はいかいせんく	誹諧千句（正章千句）	正保五 慶安元	一六四八
はいかいせんく	誹諧千句	承応二	一六五三
はいかいせんたくもの	誹諧 洗濯物	寛文六	一六六六

読み	書名	年号	西暦
はいかいぞうきん	俳諧雑巾	延宝九 天和元	一六八一
はいかいぞうやまのい	誹諧 増山井 四季之詞	寛文三	一六六三
はいかいぞくどくぎんしゅう	俳諧 續独吟集	寛文以前 寛文年間 P69	
はいかいたいがい	誹諧大概	延宝四以前 渡奉公記載分 P87	
はいかいだいかいしゅう	誹諧 大海集	寛文十二	一六七二
はいかいたいへいき	俳諧太平記	延宝八	一六八〇
はいかいだいりんいっく	誹諧 題林一句	天和三	一六八三

読み	書名	年号	西暦
はいかいたびころも	誹諧たひころも	寛文十三 延宝元	一六七三
はいかいたびまくら	誹諧旅枕	寛文二	一六六二
はいかいたまてばこ	誹諧 玉手箱	延宝七	一六七九
はいかいたむけぐさ	誹諧 手向草	元禄二	一六八九
はいかいだん	俳諧談	寛文五	一六六五
はいかいちくりん	俳諧竹林	延宝九 天和元	一六八一
はいかいちゃしゃくだけ	俳諧茶杓竹	寛文三	一六六三

よみ	書名	年号	西暦
はいかいちりづか	俳諧塵塚	寛文十二	一六七二
はいかいちんちょうしゅう	誹諧珍重集	延宝六	一六七八
はいかいつねのすがた	惣本寺 俳諧中庸姿	延宝七	一六七九
はいかいつるいぼ	俳諧蔓附贅	延宝九 天和元	一六八一
はいかいてには	誹諧手に葉	寛文七	一六六七
はいかいてんとりしゅう	俳諧點取集	延宝九 天和元	一六八一
はいかいとうりゅうかごぬけ	俳諧當流籠抜 五吟五百韻	延宝六	一六七八

よみ	書名	年号	西暦
はいかいどくぎんしゅう	俳諧独吟集	寛文六	一六六六
はいかいどくぎんひゃくせんく	誹諧獨吟百千句	延宝三	一六七五
はいかいなげさかづき	誹諧投盃	延宝八	一六八〇
はいかいなとりがわ	俳諧名取川	延宝八	一六八〇
はいかいにひゃくいん	俳諧二百韻 蛇之助 馬下踏	延宝五	一六七七
はいかいにんげんのよ	俳諧人間世	寛文七	一六六七
はいかいぬきがき	誹諧抜書	慶安三	一六五〇

誹諧之事	はいかいのこと	延宝二	一六七四
誹諧之註	はいかいのちゅう	寛永十九	一六四二
俳諧のならひ事	はいかいのならいごと	元禄二	一六八九
誹諧法農華	はいかいのりのはな	寛文十二	一六七二
誹諧之連歌	はいかいのれんが	貞享三	一六八六
誹諧の連歌	はいかいのれんが	寛文八	一六六八
誹諧破邪顯正	はいかいはじゃけんしょう	延宝七	一六七九

誹諧破邪顯正評判之返答 百韻自註	はいかいはじゃけんしょうひょうばんのへんとうひゃくいんじちゅう	延宝八	一六八○
誹諧破邪顯正返答	はいかいはじゃけんしょうへんとう	延宝八	一六八○
誹諧破邪顯正返答之評判	はいかいはじゃけんしょうへんとうのひょうばん	延宝八	一六八○
誹諧鼻紙袋	はいかいはなかみぶくろ	延宝五	一六七七
俳諧花時鳥	はいかいはなほととぎす	天和四 貞享元	一六八四
新板誹諧濱荻	はいかいはまおぎ	寛文十二	一六七二
詼諧番匠童	はいかいばんじょうわらわ	元禄二	一六八九

はいかいばんとうたろう	誹諧 坂東太郎	延宝七	一六七九
はいかいびぜんくらげ	誹諧 備前海月 破邪顕正返答之評判 同返答自註之再評	延宝八	一六八〇
はいかいひとつばし	俳諧一橋 等	貞享三	一六八六
はいかいひとつばし	誹諧 飛登津橋	貞享三	一六八六
はいかいひとつぼし	俳諧 ひとつ星	貞享二	一六八五
はいかいひゃくいんのしょう	俳諧百韻之抄	寛永十九	一六四二
はいかいひゃくいんふうえんぜんじごろく	俳諧百韻 風鳶禅師語路句	延宝七	一六七九

はいかいひゃくにんいっく	俳諧 百人一句	萬治三	一六六〇
はいかいひゃくにんいっくなにわしきし	俳諧百人一句難波色紙	天和二	一六八二
はいかいひるあみ	俳諧昼網	延宝四	一六七六
はいかいふるかがみ	誹諧古鏡	寛文十二	一六七二
はいかいほっく いえずと	誹諧發句 家土産	天和二	一六八二
はいかいほっくちょう	誹諧發句帳	寛永十	一六三三
はいかいほっくめいしょしゅう	誹諧發句名所集	寛文十二	一六七二

はいかいほんしきひゃくいんしょうじんなます	俳諧本式百韵 精進膾	天和三	一六八三
はいかいばんしょうわらわ	誹諧番匠童	貞享四	一六八七
はいかいまんく	俳諧萬句	慶安五 承応元	一六五二
はいかいみちづれ	誹諧道連	寛文十一	一六七一
はいかいみつきもの	誹諧三月物	貞享四	一六八七
はいかいみつものそろえ	俳諧三ッ物揃 次第不動	延宝六	一六七八
はいかいみつものそろえ	誹諧三物揃	天和三	一六八三

はいかいむこうのおか	俳諧向之岡	延宝八	一六八〇
はいかいむごんしょう	俳諧無言抄	寛文十二	一六七二
はいかいむらさき	誹諧むらさき	天和三	一六八三
はいかいめいきょう	誹諧明鏡	延宝三	一六七五
はいかいめいしょつけあい	俳諧名所附合	寛文四	一六六四
はいかいめいぼ	誹諧名簿	延宝年間（刊年不詳） P117	
はいかいもうぎゅう	俳諧蒙求 守武流 西翁	延宝三	一六七五

読み	書名	年号	西暦
はいかいものだねしゅう	俳諧 物種集 新附合	延宝六	一六七八
はいかいやぶのこうのもの	誹諧藪香物	寛文十一	一六七一
はいかいよごれまくら	俳諧 よごれ枕	延宝七	一六七九
はいかいよみしよう	誹諧讀仕様	渡奉公「開板ナキ分」P90	
はいかいよりまさ	誹諧頼政 破邪顕正熊坂 両書返答前書	延宝八	一六八〇
はいかいよんぎんむいかひきゃく	俳諧四吟六日飛脚	延宝七	一六七九
はいかいるいせんしゅう	俳諧 類船集	延宝四	一六七六

読み	書名	年号	西暦
はいかいれんがしょう	誹諧連哥抄	寛永九以前 P7	一六三二以前
はいかいわたりぼうこう	誹諧 渡奉公	延宝四	一六七六
はいしゅうりょうざい	俳集良材	寛文二	一六六二
ばいしゅじゅっかせん	梅酒十哥仙	延宝七	一六七九
はいせんさんじゅうろくにんしゅう	俳仙 三十六人集	萬治三	一六六〇
はいどうけいのうろく	誹道恵能録	延宝六	一六七八
はいまくら	誹枕 (二種アリ)	寛文十 延宝八	一六七〇、一六八〇

読み	書名	年号	西暦
はえうち	蝿打	寛文四	一六六四
ばかしゅう	馬鹿集	明暦二	一六五六
はかたゆり	博多百合	延宝六	一六七八
はぎのはな	萩苍	承応三	一六五四
はくさじんしゅう	白砂人集	貞享三	一六八六
はくさんほうのうしゅう	白山奉納集	延宝六	一六七八
どう（はくさんほうのうしゅう）ついか	同（白山奉納集）追加 菊酒 附句	延宝六	一六七八
はじゃけんしょう	誹諧破邪顕正	延宝七	一六七九
はじゃけんしょうひょうばんのへんとうひゃくいんじちゅう	誹諧破邪顕正評判之返答 百韻自註	延宝八	一六八〇
はじゃけんしょうへんとう	誹諧破邪顕正返答	延宝八	一六八〇
はじゃけんしょうへんとうのひょうばん	誹諧破邪顕正返答之評判	延宝八	一六八〇
ばしょうおうくじゅこしき	芭蕉翁口授古式	貞享三	一六八六
はちんしゅう	破枕集	寛文三	一六六三
はつかぐささんびゃくいん	廿日草三百韻	延宝六	一六七八

読み	書名	年号	西暦
はつかねずみ	廿日鼠	天和三	一六八三
はっけいしゅう	八景集	貞享五 元禄元	一六八八
はつもとゆい	初髻	萬治四 寛文元	一六六一
はつもとゆい	初元結	寛文二	一六六二
ばていにひゃっく	馬蹄二百句	天和三	一六八三
はなかみぶくろ	誹諧鼻紙袋	延宝五	一六七七
はなぐるま	花車	延宝四以前 渡奉公記載分 P86	

読み	書名	年号	西暦
はなせんく	花千句	延宝三	一六七五
はなせんくしょう	花千句抄	延宝三	一六七五
はなのうつぼぎ	花虚木	元禄二	一六八九
はなのしたしきもく	花下式目	慶安四	一六五一
はなのつゆ	花の露	寛文二	一六六二
はなびぐさ	花火草	寛永十三	一六三六
はなびぐさ	はなひ草	正保四	一六四七

はなびぐさたいぜん	はなひ草大全	寛文四	一六六四
はなびぐさたいぜん	はなひ草大全	寛文五	一六六五
はなびぐさたいぜん	はなひ草大全	延宝四	一六七六
はなびこうもく	花火綱目	寛文八	一六六八
はなびたいぜん	はなひ大全	延宝三	一六七五
はなびたいぜんこうもく	はなひ大全綱目	延宝三	一六七五
はなぶえしゅう	鼻笛集	寛文三	一六六三

はなほととぎす	俳諧 花時鳥	天和四 貞享元	一六八四
はなみさんぎん	花見三吟	延宝八	一六八〇
はなみのりもの	花見乗物	延宝九 天和元	一六八一
はまおぎ	濱荻	寛文十	一六七〇
はまおぎ	新板 誹諧濱荻	寛文十二	一六七二
はりぬきしゅう	張貫集	延宝四以前 渡奉公記載分 P88	
はりま	破訔魔	明暦二	一六五六

よみ	書名	年号	西暦
はりますぎはら	播磨杉原	渡奉公「開板ナキ分」P90	
はるきよせんく	春清千句	延宝四以前 渡奉公記載分 P88	
はるさめ	はるさめ	貞享五 元禄元	一六八八
はるのひ	春の日	貞享三	一六八六
はるのひ	波留濃日	貞享三	一六八六
ばんしょうわらわ	誹諧番匠童	貞享四	一六八七
ばんとうたろう	誹諧 坂東太郎	延宝七	一六七九

ひ

よみ	書名	年号	西暦
はんにゅうどくぎんしゅう	半入独吟集	延宝四	一六七六
ひがしやまめいしょき	東山名所記	延宝二	一六七四
ひがんざくら	彼岸桜	貞享二	一六八五
ひきつけ	引付 貞享三年	貞享三	一六八六
ひげんしゅう	鄙諺集	萬治四 寛文元	一六六一
ひごみちのき	肥後道記	寛永十	一六三三
びぜんくらげ	誹諧 備前海月 破邪顕正返答之評判 同返答自註之再評	延宝八	一六八〇

びぜんろっかせん	備前六歌仙	延宝九 天和元	一六八一
ひとつばし	俳諧一橋	貞享三	一六八六
ひとつばし	誹諧 飛登津橋	貞享三	一六八六
ひとつぼし	俳諧 ひとつ星	貞享二	一六八五
ひとつまつ	孤松	貞享四	一六八七
ひとまね	人眞似	明暦三	一六五七
ひとりごと	独琴	慶安二	一六四九

ひともとぐさ	一本草	寛文九	一六六九
ひともとぐさ	一本草	寛文十一	一六七一
ひはんししょう	批判四笑	延宝二	一六七四
ひふきたけ	火吹竹	延宝七	一六七九
ひむろもり	氷室守	正保三	一六四六
ひゃくいんのしょう	俳諧百韻之抄	寛永十九	一六四二
ひゃくごじゅうばんはいかいほっくあわせ	百五拾番 誹諧発句合	寛文九	一六六九

読み	書名	和暦	西暦
ひゃくにんいっく	俳諧 百人一句	萬治三	一六六〇
ひゃくにんいっく	百人一句	寛文七	一六六七
ひゃくにんいっくなにわしきし	俳諧百人一句難波色紙	天和二	一六八二
ひゃくばんはいかいほっくあわせ	百番俳諧発句合	延宝七	一六七九
びようなるみはいかいよびつぎしゅう	尾陽鳴海俳諧 喚續集	延宝七	一六七九
びようほっくちょう	尾陽発句帳	慶安五 承応元	一六五二
ひるあみ	俳諧昼網	延宝四	一六七六

読み	書名	和暦	西暦
ひるのにしき	ひるのにしき	貞享五 元禄元	一六八八
びんごひょう	備後表	寛文十二	一六七二
びんせんしゅう	便船集	寛文八	一六六八
びんせんしゅう	便船集	寛文九	一六六九

ふ

読み	書名	和暦	西暦
ふうえんぜんじごろく	俳諧百韻 風鳶禅師語路句	延宝七	一六七九
ふうぞくしゅう	風俗集	寛文六	一六六六
ふくはらびんかがみ	福原鬢鏡	延宝八	一六八〇

読み	書名	年号	西暦
ふげつ	浮月	貞享四	一六八七
ふじいし	富士石	延宝六	一六七八
ふじえだしゅう	藤枝集	延宝二	一六七四
ふたつさかずき	中庸姿 破邪顕正 二ッ盃	延宝八	一六八〇
ふたつさかずき	二ッ盃	延宝八	一六八〇
ふたばしゅう	二葉集	延宝七	一六七九
ふところご	懐子（稿）	明暦四 萬治元	一六五八

読み	書名	年号	西暦
ふところご	ふところ子	萬治三	一六六〇
ふところご	懐子	延宝四	一六七六
ふところごめのと	懐子乳母	萬治三	一六六〇
ふみはたから	ふみはたから	延宝年間（刊年不詳）	P118
ふみはたから	ふみはたから	寛文十三 延宝元	一六七三
ふゆのひ	冬の日	天和四 貞享元	一六八四
ふるかがみ	誹諧古鏡	寛文十二	一六七二

へ

読み	書名	年号	西暦
へいいんきこう	丙寅紀行	貞享三	一六八六
へいいんのさいたん	丙寅之歳旦	貞享三	一六八六
へちまぐさ	絲瓜草	萬治四 寛文元	一六六一
べんぜつしゅう	弁説集	萬治四 寛文元	一六六一

ほ

読み	書名	年号	西暦
ほううんどうせいさんじゅうさんかいき ついぜんのはいかい	法運道誓三十三回忌 追善俳諧	寛文十一	一六七一
ほうゆうしゅう	朋友集	延宝四以前 渡奉公記載分 P86	
ぼけいしゅう	慕綮集	萬治三	一六六〇
ほしあいしゅう	星会集	貞享二	一六八五
ほっくちょう	発句帳	寛文六	一六六六
ほっくめいしょしゅう	誹諧發句名所集	寛文十二	一六七二
ほととぎすじゅうにかせん	時鳥十二歌仙	延宝八	一六八〇
ほのぼのだて	ほの〳〵立	延宝九 天和元	一六八一

ま

読み	書名	年号	西暦
まいえんはいかいしゅう	毎延俳諧集	承応四 明暦元	一六五五
まえぐるましゅう	貞徳秘書 前車集	延宝三	一六七五

読み	書名	年号	西暦
まくづくし	幕づくし	延宝六	一六七八
まさき	柾木	渡奉公「開板ナキ分」 P91	
まさきかずら	柾木葛	延宝四	一六七六
まさともせんく	正友千句	寛文六	一六六六
まさのぶせんく	正信千句	延宝四以前 渡奉公記載分 P89	
まさのりひゃくしゅ	正式百首	承応二	一六五三
ますかがみ	十寸鏡	慶安五 承応元	一六五二

読み	書名	年号	西暦
まちだしみかくほっくてんとりおぼえがき	町田氏未覚発句点取覚書	寛文以前 寛文年間 P70	
まつしまいっしきりょうぎんこうしゅう	松島一色両吟後集	延宝八	一六八〇
まつしまちょうぼうしゅう	松島眺望集	天和二	一六八二
まつたけそう	松たけさう	延宝八	一六八〇
まつたけそう	松茸さう	延宝八	一六八〇
ままこだて	継子立	萬治三	一六六〇
まやきこう	摩耶紀行	延宝七	一六七九

み

よみ	書名	年号	西暦
まんく	万句	延宝四以前 渡奉公記載分 P85	
まんくのうちとっぴゃくいん	萬句之内 十百韻 梅翁点	延宝六	一六七八
まんくのうちとっぴゃくいんしゅう	萬句之内 十百韻集	寛文十	一六七〇
みこのまい	みこの舞	寛文四	一六六四
みずぐるましゅう	水車集	萬治四 寛文元	一六六一
みずたましゅう	水玉集	延宝四以前 渡奉公記載分 P89	
みちかぜでん	三千風伝	貞享二	一六八五

よみ	書名	年号	西暦
みちづれ	誹諧道連	寛文十一	一六七一
みちづれぐさ	道連草	延宝六	一六七八
みちのしおり	道の枝折	延宝九 天和元	一六八一
みつかなわ（さんてつりん）	三鉄輪	延宝六	一六七八
みつきもの	誹諧 三月物	貞享四	一六八七
みつものき	三物記	渡奉公「開板ナキ分」 P90	
みなしぐり	みなしぐり	天和三	一六八三

読み	書名	年号	西暦
みなとぶねじゅうまんく	湊舟十万句	寛文十	一六七〇
みなみげんじゅんみつもの	南元順三物	天和三	一六八三
みのぐじょう	美濃上郡	延宝四以前 渡奉公記載分 P86	
みのむしき	蓑虫記	貞享四	一六八七
みのらくせんく	身の樂千句	寛文二	一六六二
みぶてんじんしゃ なすほうのうこうぎょうはいかいのれんがひゃくいん	壬生天神社 為奉納興業誹諧之連歌百韻	萬治三	一六六〇
みぶのただみね	壬生忠岑	延宝四以前 渡奉公記載分 P92	

読み	書名	年号	西暦
みまさかにくだりしみちのにっき	美作に下りし道日記	承応二	一六五三
みやぎの	宮城野	延宝三	一六七五
みやこぐさ	都草	寛文五	一六六五
みやすずめ	みやすゝめ	延宝五	一六七七
みやすずめ	宮雀	延宝九 天和元	一六八一
みょうほうれんげきょう	妙法蓮華経	慶安三	一六五〇
みんごしゅう	眠寤集	天和二	一六八二

む

読み	書名	年号	西暦
むいかびきゃく	俳諧四吟六日飛脚	延宝七	一六七九
むこうのおか	俳諧向之岡	延宝八	一六八〇
むごんしょう	俳諧無言抄	寛文十二	一六七二
むさしの	武蔵野	寛文十三 延宝元	一六七三
むさしの	武蔵野	延宝四	一六七六
むさしぶり	武蔵曲	天和二	一六八二
むふんべつ	無分別	延宝八	一六八〇
むらさき	誹諧むらさき	天和三	一六八三
むろざきひゃくいん	室咲百韻	延宝七	一六七九

め

読み	書名	年号	西暦
めいきょう	誹諧明鏡	延宝三	一六七五
めおとぐさ	女夫草（めおとぐさ）	寛文十二	一六七二
めおとぐさ	女夫草	天和三	一六八三

も

読み	書名	年号	西暦
もういちせんく	望一千句　（二種アリ）	慶安二 寛文七	一六四九、一六六七
もうぎゅう	俳諧蒙求　守武流 西翁	延宝三	一六七五

よみ	書名	年号	西暦
ものだねしゅう	俳諧 物種集 新附合	延宝六	一六七八
もののなはいかいせんく	物名誹諧千句	寛文十	一六七〇
ものわすれぐさ	物忘草	明暦三	一六五七
ももちどり	百千鳥	渡奉公「開板ナキ分」P90	
もりたけせんく	守武千句	慶安五 承応元	一六五二
やかんしゅう	野犴集	慶安三	一六五〇
やしまきこう	八嶋紀行	寛文八	一六六八

よみ	書名	年号	西暦
やそくさくりょうぎん	也足炸両吟	延宝四以前 渡奉公記載分 P86	
やっこはいかい	奴俳諧 附淀屋ヶ庵宛 宗因手簡	天和二	一六八二
やぶのこうのもの	誹諧藪香物	寛文十一	一六七一
やぶれははき	屋風簾端々機	延宝五	一六七七
やぶれははきぎ	敝帚	延宝五	一六七七
やまざきそうかんえいかいひゃくいん	山崎宗鑑影開百韻	慶安三	一六五〇
やましたみず	山下水	寛文十二	一六七二

ゆ

よみ	書名	年号	西暦
やまとじゅんれい	大和順礼	寛文十	一六七〇
やまのい	山之井	正保五 慶安元	一六四八
やまのはせんく	山の端千句	延宝八	一六八〇
やみよぶねせんく	闇夜船千句	延宝四以前 渡奉公記載分 P87	
やよいやま	やよひ山	貞享五 元禄元	一六八八
ゆうじょひょうばんかせんはいかい	遊女評判歌仙はいかい	延宝五	一六七七
ゆうしんしゅう	誘心集	寛文十三 延宝元	一六七三

よ

よみ	書名	年号	西暦
ゆうへいどくひゃくいん	由平獨百韻	延宝二	一六七四
ゆかたやま	ゆかた山	貞享二	一六八五
ゆきせんく	大坂 俳諧雪千句	寛文五	一六六五
ゆきのごひゃくいん	雪の五百韻	慶安五 承応元	一六五二
ゆめすけ	夢助	延宝七	一六七九
ゆめみぐさ	ゆめみ草	明暦二	一六五六
よごれまくら	俳諧 よごれ枕	延宝七	一六七九

読み	書名	年号	西暦
よしのやまひとりあない	ゑ入 よしの山ひとりあない	寛文十一	一六七一
よどかわ	あぶらかす よど河	寛永二十	一六四三
よにんほうし	四人法師	延宝六	一六七八
よのなかひゃくしゅちゅう	世の中百首註	明暦三	一六五七
よりまさ	誹諧頼政 破邪顕正熊坂 両書返答前書	延宝八	一六八〇
よるのにしき	夜のにしき	承応四 明暦元	一六五五
よるのにしき	夜の錦	延宝四	一六七六
よるのにしき はまおぎ	よるのにしき濱荻	寛文十二	一六七二
よんじゅうばんはいかいあわせ	四十番俳諧合	寛文五	一六六五

ら

読み	書名	年号	西暦
らくようしゅう	洛陽集	延宝八	一六八〇
らっかしゅう	落花集	寛文十一	一六七一
らっかしゅう	落華集	寛文十一	一六七一

り

読み	書名	年号	西暦
りつがんはいかいどくぎんせんく	立願 誹諧 とくきん千句	寛永九以前 P8	一六三二以前
りゅうほしゅう	立圃集	寛文九	一六六九

書名	読み	和暦	西暦
立圃追善集	りゅうほついぜんしゅう	寛文九	一六六九
立甫追悼集	りゅうほついとうしゅう	寛文十	一六七〇
立圃独吟 何亀百韻自註	りゅうほどくぎんなにかめひゃくいんじちゅう	寛文三	一六六三
両吟一日千句	りょうぎんいちにちせんく	延宝七	一六七九
両吟集	りょうぎんしゅう	萬治三	一六六〇
両吟集	りょうぎんしゅう	延宝五	一六七七
兩吟 名所花	りょうぎんめいしょばな	延宝八	一六八〇

書名	読み	和暦	西暦
良保千句	りょうほせんく	寛文二	一六六二
良薬抄秘府	りょうやくしょうひふ	承応四 明暦元	一六五五

る

書名	読み	和暦	西暦
俳諧 類船集	るいせんしゅう	延宝四	一六七六
誹諧 類船集	るいせんしゅう	延宝五	一六七七

れ

書名	読み	和暦	西暦
新板 連歌新式増抄	れんがしんしきぞうしょう	寛文五	一六六五
連歌俳諧相違の事	れんがはいかいそういのこと	寛文七	一六六七
連歌はなひ草	れんがはなびぐさ	寛永十三	一六三六

ろ

よみ	書名	和暦	西暦
れんしゅうりょうざい	連集良材	寛文八	一六六八
れんぱいがっしょう	連誹合掌	延宝四	一六七六
れんぱいもじぐさり	連誹文字鏁	寛文十二	一六七二
ろうこでんぎんかくひゃくいんきゅうき	老古傳銀閣百韻舊記	寛文八	一六六八
ろかしゅう	蘆花集	寛文五	一六六五
ろげんさいたんちょう	延宝六年 露言歳旦帳	延宝六	一六七八
ろっぴゃくばんはいかいほっくあわせ	六百番誹諧發句合	延宝五	一六七七

わ

よみ	書名	和暦	西暦
ろっぽうはいかい	六方誹諧	延宝四以前 渡奉公記載分 P84	
わかきつねせんく	若狐 千句	慶安五 承応元	一六五二
わかさせんく	若狭千句	貞享五 元禄元	一六八八
わかたけ	和哥竹	萬治三	一六六〇
わかみず	若水	貞享五 元禄元	一六八八
わすれがい	忘れ貝	延宝七	一六七九
わたしぶね	わたし船	延宝七	一六七九

わたりぼうこう

諧誹　渡奉公

延宝四

一六七六

文芸の一ジャンルとして俳諧の連歌が成立したのは寛永期（一六二四～一六四四）の初めとされる。そのころから俳諧文芸の頂点と目される「奥の細道」成立の元禄二年まで約六十年。言葉遊びやだじゃれのおもしろさを求め、また機知に富んだ表現を追求したりして俳諧人口も徐々に増えて行き、貞門、談林、蕉風と展開していった。その間に数多くの俳諧書が刊行され、文芸として定着、発展していったが、その時期の俳諧書を年表仕立てにして確認してみることとした。網羅的に並べてみたが、おそらく数多く抜け落ちているものと考えられる。また書名の読み違いや刊行年の誤りも数あると考えられるが、今後も暫時追加、訂正、補填を重ねて行けば俳諧の流れはさらに把握されやすくなるものと考え、この年表を作成したものである。

二〇二三年十一月二十三日　押木 文孝

押木　文孝（おしき ふみたか）

1948 年 6 月生
1974 年 3 月　京都府立大学文学卒
同年 4 月　京都府立大学国文学研究室員
1978 年 4 月　大阪府立高校教諭
2013 年 3 月　定年退職

近世初期俳書年表（寛永期～元禄二年）――蕉風へのベクトル――

2024 年 3 月 25 日　第 1 刷発行

編　者　押木　文孝
発行人　大杉　剛
発行所　株式会社 風詠社
〒 553-0001　大阪市福島区海老江 5-2-2
大拓ビル 5 - 7 階
Tel 06（6136）8657　https://fueisha.com/
発売元　株式会社 星雲社
（共同出版社・流通責任出版社）
〒 112-0005　東京都文京区水道 1-3-30
Tel 03（3868）3275
装幀　2 DAY
印刷・製本　シナノ印刷株式会社

ISBN978-4-434-33389-7 C3092